幽靈船

黃易

經典・玄幻系列⑭

天地
www.cosmosbooks.com.hk

書　　名　幽靈船
作　　者　黃　易
責任編輯　陳幹持
美術設計　郭志民
出　　版　天地圖書有限公司
香港黃竹坑道46號
新興工業大廈11樓（總寫字樓）
電話：2528 3671　傳真：2865 2609
香港灣仔莊士敦道30號地庫／1樓（門市部）
電話：2865 0708　傳真：2861 1541
印　　刷　亨泰印刷有限公司
柴灣利眾街德景工業大廈10字樓
電話：2896 3687　傳真：2558 1902
發　　行　香港聯合書刊物流有限公司
香港新界大埔汀麗路36號中華商務印刷大廈3字樓
電話：2150 2100　傳真：2407 3062
出版日期　2020年5月／初版

「黃易出版社有限公司」授權出版

ISBN：978-988-8548-70-5

目錄

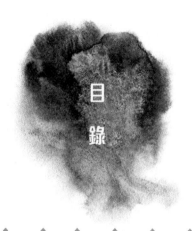

故鄉

展漠回到家裏時，地下城的巨大太陽燈已由灼白轉作暗黃，帶來了廣闊無匹的地下城的人造黃昏。

展漠慣例地在搖椅坐了下來，他屬於地下城裏的特殊階級，所住的單位不但位於「中城」的高級大廈，而且設備完善，佈置豪華，兩廳四房，與居於東南西北四城的賤民比較起來，確有天淵之別。

根據最新的人口統計，整個地下城的人口略少於八百萬，但東南西北四城卻佔人口的百分之九十三，住在中城的人都屬統治階層。東、南、西、北、中五城市組成了地下城，除了位於中央的中城有通道通往其他四個城市外，其他城市都是互不相通的，而沒有許可證的話，任何人也不能離開身處的城市，違抗地下城最高統領「元帥」命令的人，只有一個結局，就是死亡。

展漠輕輕搖動安樂椅，思潮回到今早執行任務時所殺死的那個叛亂分子，那年輕人垂死時望向他的眼睛，其中燃燒着的仇恨仍使他不能釋懷。

展漢無意識地揚手，好像要將這不愉快的記憶抹去，心裏叫道：「展漢你怎麼了？你是地下城最優秀的戰士，早向元帥宣誓無條件地效忠，毫不猶豫去執行每個交下來的命令。叛徒都是該死的，他們要破壞地下城的和平，殺死他們是最正義的事，為何還要去想？」

他按動遙控器，整塊牆壁立時變換成電視的畫面，著名的地下城首席女歌星仙蒂在一群惹火的女郎襯托下載歌載舞，極盡視聽之娛。

「叮！」門鈴響起。展漢大奇，這是上床的時間了，誰會來找他？一按遙控器，房門立時打了開來，幾乎同一時間，幾名手持武器的大漢衝了進來，展漢本能地彈起，腹部已重重地給人用槍嘴捅了一下。

展漢痛得跪了下來。兩枝槍嘴一抵後頸一抵前胸，以強壯見稱的展漢猝不及防下先機盡失，受制於人。

這群大漢身穿深藍色滾紅邊的輕便盔甲，只露兩隻眼睛，表示他們是元帥的私人秘警，比展漢所屬的軍衛系統更有權勢，因為他們是元帥的私人保鏢、左右手，等閒不理城中的事，若非是關係重要，想見他們一面也不是易事。

展漠叫道：「我是軍衛統領展漠，這算是甚麼？」一個陰沉的聲音在門口響起道：「展漠！你的叛徒同黨將你供出來了。」

展漠愕然道：「同黨？」

一個高個子穿便裝的秘警踏進門內，鐵青的長臉一點表情也沒有，兩隻眼卻射出淩厲的神色，盯進展漠眼裏。

展漠叫道：「是你！洛高。」他明白了，這是公報私仇，洛高以前也是軍衛裏的高級軍官，是唯一有能力和展漠競爭軍衛最高職位統領一職的人物，不過洛高輸了，統領的位給展漠坐了，洛高憤然離去，利用他和秘警指揮沙達查的關係，加入了地下城最令人驚懼的秘警，這人數雖及不上達八萬人軍衛隊的十分之一，但訓練和武器都是最精良，專責執行元帥的秘密指令。

展漠坦然不懼道：「洛高，我不怕你，單憑叛黨的口供，元帥是不會相信的，你沒有其他的證據。」洛高眼中閃耀着殘酷興奮的光芒，像餓貓看到了老鼠，陰森的道：「證據？快有了。」跟着向屋內其他七名秘警喝道：「搜！」

秘警毫不客氣地大搜起來。

展漠心中扎實，自問忠心耿耿，洛高能搜出甚麼來。

一名秘警叫起來道：「搜到了！」展漠愕然望去，一名秘警手上拿着一樣奇異的東西。

展漠腦中轟然一震，亂成一片。

這是栽贓嫁禍，甚麼人將這十惡不赦的東西放在這裏？混亂中他竭力去想，腦中卻是空白一片。誰曾到過他的家裏來？除了今早沈漫曾來邀他共進早餐，可是沈漫是他最好的朋友，怎會陷害他？

洛高從秘警手中接過那「東西」，放在眼前端詳，嘿嘿笑道：「這是甚麼？」

展漠嘆了一口氣，這種東西以前的人叫作「書」，是原始傳遞思想和知識的工具，不過早在地下城建成的五十年前已被當時統一了大地的首任元帥列為違禁品，任何人匿藏有這種叫「書」的東西，均會被處以極刑。

現代的知識傳播已被「離子傳知機」代替，人腦只需和傳知機接上，就可以得到所有知識，而知識是由地下城政府嚴密控制的，沒有人可以獲得「多餘」的知識。

今早他以掃描器查探在東城配給中心的行人時，正因他發現那年輕人身上藏有一本「書」，追捕時才將那青年擊斃，現在卻給人在自己家裏找了一本出來，這是否叫因果循環？不過他還未絕望，以他為地下城立下的汗馬功勞和清白的出身，元帥一定會給他一個公道，洛高這種小人只能得意一時，正義將是永恆的。洛高道：「大統領，沒話可說了吧。」展漠淡淡道：「我要見元帥。」

洛高哼道：「解除他的武裝。」

兩名秘警逼了上來，將他身上的武器裝置一股腦兒搜了出來，到了安裝在腰圍能放射「死光」的「力場帶」時，停了下來。

力場帶是地下城裏最驚人的武器。

只有元帥本人、秘警指揮沙達查和軍衛統領展漠才享有佩戴的榮譽。

洛高道：「這力場帶只有元帥才能解開，先給我鎖好他。」

展漠心中盤算，這或者是他最後的反擊機會。一旦雙手被鎖，他便不能再利用力場帶發出的死光，予敵人致命的反擊。

可是直到雙手被反鎖背後，他始終沒有反抗，因為他深信正義無私的元帥將會還他一個清白。

洛高笑了起來，一直緊提的心這刻才放鬆下來，看着展漠被反鎖的雙手，心中已憧憬着元帥將佩在展漠腰間象徵着無窮威力和榮譽的力場帶賜給他時的風光。

「走！」展漠被押在中間，離開家門。

步出升降機，高達二十層的大廈門前停了四輛黑色的裝甲車，另八名秘警荷槍實彈，背着光，待在車旁。街上靜悄悄的，顯見秘警已封鎖了遠近街道，以方便將他押送，對付他這個位居要職的大人物，沒人敢掉以輕心。

地下城街道縱橫交錯，大廈林立，井井有條，在元帥的鐵腕統治裏，每一個人都規行矩步地生活着。

地下城頂可見巨大鋼柱構成的骨架，造成奇異的天空，人造太陽高高在上，散射着柔和的黃光。

展漠在洛高押送下，向四輛裝甲車步去，那守在兩頭均呈尖錐狀裝甲車的八名秘警，揚起槍嘴，指着寂靜的街道，卻沒有一人回過頭來看正在接近的他們。他們的盔甲閃閃生光，展漠心中一動，這八名秘警有些不妥，因為，在一般情形下，他們理應先轉過頭來看，除非怕給人看到他們盔甲露出的部份。

當他興起這念頭時，異變突起，所有事發生在瞬息之間，八名守在裝甲車旁的秘警同時轉過身來，八個槍嘴同時指向他們，跟着火光閃爍，一時之間，空氣中充斥着火藥的氣味。

展漠身邊的秘警紛紛濺血倒地，連洛高也不能幸免。

剎那間，只剩下反鎖雙手的展漠孤零零地站在橫七豎八的死屍上。

兩名秘警撲上來，喝道：「跟我來！」

他們將展漠連推帶撞擁上了其中一輛裝甲車。

「轟！」車門關上，馬上發動引擎，立即開出。展漠在暗黑的車廂裏思潮起伏，一時想不清楚發生了甚麼事。

車速不斷地增加，轉彎時將展漠從椅上拋起，幾乎跌個四平八穩。

二十分鐘後車子停了下來，門開，有人在外叫道：

「統領！下來吧。」

展漠無奈下車，車外是個室內的環境，暗黑一片，他這一生還是首次如此膿包，任人魚肉，驀地強光亮起，將他照個纖毫畢現。

他很想舉起雙手遮眼，可是雙手卻給反鎖在後，惟有瞇起眼睛環視四周，只見人影幢幢，最少三、四十人圍着他。

展漠叫道：「你們是誰？」

一個聲音響起：「我們就是元帥所謂的叛黨。」

展漠全身一震，他已認出了說話的是誰。

他驚呼道：「沈漫！」留着短鬍子的沈漫大步來到他面前，深深地望進他眼裏。

展漠不能置信地道：「是你！」

沈漫道：「是我，正是我，你的好朋友嘛。」

展漠只覺熱血上湧，自己一向信任的唯一好友和得力下屬，正是出賣自己的人，是自己深切痛恨的叛亂分子。

沈漫道：「就是我將那部書放在你的家裏，我們犧牲了一個兄弟，才使沙達查相信你是我們的一分子。」

展漠怒吼一聲，一腳當胸踢向沈漫去。

沈漫靈活退後，避開對方當胸踢來的一腳。

四枝槍嘴同時抵在展漠身上。

展漠悲叫道：「為甚麼？你有的是接近我的機會，為何不把我幹掉，卻要陷害我？」

沈漫眼中閃過一絲莫名的悲哀，低沉地道：「若可以選擇的話，誰願意傷害別人？在這裏的每一個人都是迫不得已，就像籠中的鳥被剝奪了自由，在地下城中的每一個人都被剝奪了思想和行動的自由，屈服在元帥的龐大統治機器下。」他愈説愈激動，到最後是聲嘶力竭地叫喊出來，一向深沉冷靜的沈漫，像火山噴熔岩般將心裏的悲憤表達出來。展漠呆了一呆，道：「可是真正的『自由』將地面上的世界毀滅了，人類是不懂珍惜自由的，自由只是紛亂的一個好聽名字，在這裏雖然沒有自由，卻有生存所必須的秩序與和平，那亦是我的職責。」一個清冷但動聽的女聲切入道：「你中毒太深了，鳥兒生出來是要翺翔長空的，那是與生俱來的本能，人類生出來便要自由自在去思想，去享受生命的經驗，假設人不准思想，就像鳥兒再不能飛翔，那是違反人性的。而且只有統治者能思想，而不准被統治者思想，那是令人最可厭的極權統治，歷史證明了那只能帶來苦難。」

展漠向說話的女子望去，在強光耀目裏，隱約看到一個修長美好的苗條身形。愕然道：「歷史？」這對他是個非常新鮮的名詞，在地下城裏，沒有人知道過去的事，除了政府通過傳真機送進腦內那簡單的一套，簡單得不知是否稱得上為「歷史」。那女子激動地踏前一步，這次展漠清晰地看到她的面孔，眉目如畫，俏麗異常，尤其是輪廓分明的五官掛着絲說不出的哀愁，更帶來一種動人心弦的風韻。她叫道：「蠢蛋！你連知道的自由也被剝奪了。」

儘管在激情裏，她依然是那樣動人，這使從未被人辱罵的展漠覺得好過一點。

就在這時，沈漫介紹道：「這位是柏絲蒂小姐，我們這被指為地下城唯一反抗勢力的古文字權威，只有她能在最快的時間裏破譯以前的文字，告訴我們歷史的真相。」

叛黨裏步出另一五十來歲的老者，展漠嚇得幾乎跳了起來，他從未見過這麼「老」的人。那老者微微笑道：

「奇怪嗎？我這麼老也沒有送進安樂宮去安享晚年。」

柏絲蒂道：「那只是元帥的另一個謊言，為了節省食物，所有人在四十五歲後都被送到安樂宮去，但誰知受秘警控制的安樂宮裏是何情景，其實進入安樂宮的人不是給立時處死，就是被利用做各種殘忍的實驗，使元帥能延長他的壽命。這位沈殊先生是唯一從安樂宮逃出來的人，因為他在安樂宮裏是負責所有殘忍實驗的主管，也是他告訴我們事實，將我們組織起來。」

沈殊望着睜大眼睛不住喘氣的展漠柔和地道：「沒有人有權這樣對付他的同類，包括元帥和沙達查那惡魔在內。」

當他提到沙達查時，每個人都毫不例外泛起恐懼的神色，沙達查可是兇名遠播，作為元帥的殺人工具，連展漠這軍衛第一把交椅的人物也忌他七分。

展漠喘着氣道：「這不是真的，你們在說謊，元帥所做的一切，都是為了生存與和平，他很快會將你們一網打盡。」

沈殊冷然道：「你說得對，我們雖然有武器，可是在人手方面，可以說少得可憐，在高壓統治下，百分之九十九的人都喪失了鬥志，而且元帥又在無法突破的重重保護裏，將我們一網成擒只是早晚間的事。」

展漠叫道：「或者他已在來此的路上。」

眾人沉默下來，眼中射出恐懼的神色，沙達查的殘暴手段，使人思之色變。

柏絲蒂冷冷道：「沙達查找上了我們，對你也不是好事。」

冷汗沿額流下，展漠全身起了一陣顫抖，一向以來在貓捉鼠的遊戲，他都扮演貓的角色，現在卻嘗到老鼠被捉的滋味，目前這情況，他是跳進黃河也洗不清，況且沙達查公報私仇，可能來個先斬後奏，使他連抗辯的機會也沒有。

展漠軟弱地道：「既然反抗沒有用，反抗來做甚麼？」

柏絲蒂靜如深海的秀目凝視着他，好一會才道：「我們並不想對抗，只是想逃出去。」

展漠目瞪口呆：「出去？」這個念頭即使在睡夢裏也沒閃過他的神經。

四周的叛黨呼吸都急促起來，眼中射出熱切渴望的神色，就像籠中的鳥憧憬着打開了門，外邊是無窮無盡的美麗和自由。柏絲蒂眼神帶有憂鬱，加重語氣道：「是的！我們要逃出去，逃出這人造的大監獄。」最後兩句她是嘶叫出來，聲音在這室內的空間迴盪。

展漠顫聲道：「但是地面上自然經歷過核戰和化學戰，空氣充斥着毒氣，出去是自殺的行為。」

柏絲蒂淡淡道：「這只是元帥的另一個謊話，外面從來沒有發生過任何戰爭，只是元帥為了統治永垂萬世，強行將所有人遷到這地下監獄裏，將所有書籍毀去，使人變成棋子般任憑擺佈的白癡，但仍有小部份書籍留了下來，告訴我們另一個故事。」

展漠無力抗辯道：「你在説謊！」

無論如何他是完蛋了，元帥絕不容許他有些許懷疑的人擔任軍衛統領，他要的是百分之百忠心。

「轟」，天搖地動，牆壁倒坍下來。

火光閃現，亂槍突襲響起一串槍聲。沙達查的人追蹤而至，慘叫聲中叛黨紛紛濺血倒在地上，展漠身邊的人軟弱地還擊。

沈漫一拉展漠，叫道：「隨我來！」

驚惶中展漠跟着沈漫往深黑的一方奔去，旁邊還有柏絲蒂、老者沈殊和幾名叛黨。

他們奔進一條長長的通道裏，背後槍聲不斷逼近，展漠身後的人一個接一個倒下，鮮血濺上他的臉，反鎖的雙手使他走動不便，愈走愈落後。

轉了三個彎後，只剩下沈漫、柏絲蒂和沈殊四人。

一道暗門在左邊牆壁打了開來，沈漫向從後趕來的展漠叫道：「快！」展漠搶進門裏，暗門在身後關上。

燈亮了起來，一條通道斜斜往下延伸。

展漠喘着氣道：「我們逃不了，在沙達查的掃描追蹤器下，我們是無所遁形的。」

沈殊微笑道：「我們？」

展漠愕然，他居然會與叛黨共稱我們，真是做夢也想不到。柏絲蒂怪責道：「快走！」率先往另一端的暗黑地道奔去。

四個人沒命狂奔，腳步聲在空曠深進的地道激響着，令人心驚膽戰，而失去鎮定的抑制力。

柏絲蒂先停了下來，眼前去路已盡，只有一面冷冰冰的牆壁。展漠矢志逃生，平日的機智冷靜恢復過來，估計出沈漫他們若能建造出這條逃命的地道，一定不會逃路至此而盡，那樣沒道理。照地道斜入的角度，他們最少在地下城水平下的百來米處，要建成這樣的地道，又要避過政府無孔不入的秘警和軍衛，最少也要數年的時間。

柏絲蒂在牆上有節奏地輕輕敲打，不一會頭頂傳來軋軋的機械響聲。高約兩米的通道頂移出了一個圓形的小洞，沈漫當先爬上去，展漠望洞興嘆，試問雙手反鎖的他，如何爬得上去。

沈殊是第二個爬上去的人。

這時地道另一面已傳來細碎卻急密的步聲，秘警終於發現密道，銜尾追來。

沈漫向站在展漠旁的柏絲蒂打了個眼色，柏絲蒂略猶豫，從懷裏掏出一根佈滿紋痕的小管子，插進展漠的手銬裏。這是一把磁力鑰匙。

「啪！」

磁力手銬應聲而開。

追蹤而來的腳步聲已清晰可聞。

這鑰匙當然是取自被殺的洛高身上，可見沈漫等人思慮周詳。柏絲蒂爬了上去。

展漠一展手掌，大為舒暢，他腰上圍的力場帶是多元化威力驚人的武器，不過卻需雙手配合操作，一旦恢復自由，便如猛虎出閘，他發誓再不讓人鎖上雙手，包括元帥在內。

沈漫將柏絲蒂拉上來後，從通道頂的圓洞探頭下來道：「快上來。」

驀然地的臉肌轉成僵硬，因為他看到展漠臉上神色變化，忽憂忽喜，顯示兩個相反的念頭正在心中交戰着。展漠此時想的是：假若他將這三人擒下，拿去見元帥，是否能洗刷自己的嫌疑？沈漫呆呆地望着他。

展漠暗嘆一聲，爬了上去。

圓洞變回通道頂。變成漆黑一片。

腳步聲在下面轟然響起。

「快上來！」

展漠循聲望去，幾乎驚叫起來，原來這上面是另一條向下的通道，一架像子彈般以合成金屬製成的水陸車就在眼前，若非車裏亮起了暗紅的燈，他還看不見。

展漠坐進車後的唯一空位，與美麗的柏絲蒂並排，沈漫和沈殊坐前，由沈漫負責駕駛。柏絲蒂冷漠地指示展漠扣上安全帶，不知為甚麼，她比起其他人更具有敵意。

車門關上，緩緩向斜下的通道滑去。

沈漫又沉聲道：「為何跟來？」

展漠知道他指自己早先在爬上頂洞時的猶豫，嘆一口氣道：「我想到若你是元帥，見我猶豫不決，一定先發制人襲擊我，但你卻全沒有那傾向，這使我重新考慮我信奉的一切。」

柏絲蒂冷然道：「看你還有一丁點人性，不過你可能只是怕沙達查公報私仇。」

展漠心中大怒，正要反辯，蓬！車子加速滑行，向前俯衝下去。

展漠大駭，緊握椅背，車窗外一片漆黑，他們便像往一個無底深淵衝去。

車燈熄滅。無窮盡的黑暗，與空氣摩擦的壓力，使他每根血管都像要爆炸開來一樣。

嘎！車子衝進了水裏，去勢逐漸緩慢。

展漠不由讚嘆設計之妙，這條地下通道的出口是地下城裏縱橫交錯的廣闊河道，這確是最佳的逃生方法。

這部水陸兩用車在河底下三百多米的深處緩緩航行，車子的窗都裝置了夜視設備，可以看見河裏各種大小生物在暢游，有些比他們的水陸車還大，沒有人知道地下城的河水從哪裏來，只知永不衰竭，其中的生物提供了城裏人百分之六十食物。展漠道：「我們現在哪裏？」沈漫按了一個鈕，在駕駛儀器板上現出一幅地圖，由五個大圓組成，中間的是中城，其他四個大圓是東南西北城，每個圓中都佈滿藍色河道，亮着的紅點表示他們正在走往東城的河道裏潛行。

展漠驚叫道：「停下。」沈漫依言按掣，水陸車前端噴射出水流，恰恰把車停下。

展漠道：「前面是中城第三街和第八街的交界，設有一個秘密偵查站，這樣貿然闖過，一定會被發現。」

沈殊緊皺雙眉道：「沒有時間了，只要沙達查發現密道的出口在河流底，不到一個小時就可以找到我們。」

沈漫冷然道：「展漠，這次的行動可能會使我們全軍覆沒，現在還有的只是我們四個人，假設你也算上一份。」柏絲蒂接口道：「所以，我們一定要完成眾人的心願，就是逃出去。」

展漠搖頭道：「沒有可能的。」

沈漫怒聲道：「這世上沒有事不可能做的，你是軍衛的第一號人物，一定知道出口在哪裏。」

展漠苦笑道：「問題是元帥知道我也知道，你說他會不會不在出口處佈下陷阱？」

沈殊沉靜地道：「未必！在殺死洛高的現場我們遺下了一具模擬你的屍體，還佩上了假充的力場帶，除非元帥親自拆下力場帶，才能知道那是假貨，不過那最少在兩個小時後，那時元帥正在歌劇院聽首席女歌手的音樂演唱會，那女歌手是他最寵幸的女人，沒有人可以令他中途離開。」展漠愕然道：「你們倒是計劃周詳。」沈漫道：「我們的所有希望都在你身上，一是將我們交給元帥，一是帶我們逃走。」

展漠望向身側的柏絲蒂，她性感的小嘴唇緊緊抿着！強調了她剛毅不屈的驕傲，使人感到她為了自由不惜犧牲一切的決心，展漠想到翱翔於天上的鳥兒，地下城的鳥兒都給關在公園的大籠子裏。

一股熱血衝上來，展漠叫道：「好！我們誓要逃出去。」

沈漫道：「現在要怎麼走？」

展漠沉吟半晌，迅速在腦中擬定了一個計劃，一旦決定了怎樣做，他的神經細胞立刻恢復了靈性和活力，他若不是一個超卓的戰士，如何能在多達八萬人的軍衛裏脫穎而出，攀上最高的位置，也只有他能躲過重重軍衛設下的關卡，唯一可能令他落敗的，只有沙達查，元帥的私家殺人機器。

展漠道：「繼續向前駛。」

沈殊道：「怎樣躲過前面的偵查站？他們的水底雷達，可以毫無困難把我們找出來。」

展漠道：「聽我指示去做。」

水陸車緩慢卻穩定地前進。

沈漫有點緊張地道：「離偵查站還有四百米。」

展漠道：「加速至十節，然後減至五節，停下來，轉回頭，再轉回去，加速向上。」

沈漫照着他的指示，水陸車像魚兒般在水中前進後退，時快時慢。

沈殊讚道：「好主意，偵查站的人會以為我們是條大魚，不過若非是你，也沒法知道這辦法行不行得通。」

展漠忍不住望向身邊一直默然無語的柏絲蒂，後者神情冷漠，難知喜怒，展漠因好奇而想問她有關「書」的內容的話，也只好吞回肚裏，以免碰上釘子。

二十分鐘後他們越過了關卡，水陸車在河底貼近河床緩緩推進。

沈漫道：「不能快一點嗎？」

展漠道：「不能！轉左。」沈殊驚異地叫道：「那是通往東城的河道。」展漠淡淡道：「正是這樣。」沈漫奇道：「難道出口處不是在中城？」展漠道：「就是每個人都那麼想，所以出口才不設在中城，而在東城。」

水陸車在展漠指點下，重施故技，一連避過了三個偵查站，兩小時後，安然進入了東城，這裏的水道比中城狹窄，河床也較淺，他們被發現的機會也高起來。

展漠道：「奇怪，沙達查應早發現了我們從河道逃去，為何一點動靜也沒有，所有偵查站都沒有加強戒備？轉右。」水陸車往右轉，潛駛四百多米後，展漠道：「升上水面。」

水陸車緩緩上升。

離水面十多米處隱約可見東城人造太陽的黃光透入水裏。水陸車升上水面，外面靜悄悄地，除中城外，其他四城晚上都在戒嚴令管治下，沒有人可以隨便在街上走動。

一道斜坡從街上斜伸往河道裏，水陸車悠然地沿着斜坡駛上寂靜無人的街道，轉左而去。

兩旁一幢一幢的大廈黑沉沉，沒有半點燈光，每晚淩晨二時至明早六時全城施行燈火管制下，只有街燈仍然亮着，東城的人造太陽亦同時滅熄。

水陸車在街道上快速地前進。

車內四個人都提心吊膽，祈禱着沙達查的人不會出現。

沈漫道：「怎麼走？」

展漠道：「往前直去，到第二十七街和三十二街交界處，轉入三十二

街，目的地是東城大運動場。」

沈殊道：「出路是否在那裏？」

展漠道：「是的。」

沈漫道：「好傢伙！沒有人想到出口會在最多人去的地方。此乃虛則實之。」

車子繼續前行，很快轉入三十二街，十分鐘後，圓形的運動場在街的盡頭矗立着。

正當眾人在驚喜交集之時，兩輛裝甲車從橫街駛出來，將去路完全封死。

沈殊高叫道：「退回去。」沈漫剛想後退，展漠一手抓緊他的肩膊，喝道：「不要妄動，停下來。」

沈漫等人一呆間，背後強光亮起，將暗黑的車廂照得明亮如白晝。

前後左右都是裝甲車，手持武器全身盔甲的軍衛已將他們團個水洩不通。

一個聲音在外響起道：「不要動，只要你們動一個指頭，我們即刻開火。」

眾人呆坐不動，心中泛起無邊的絕望，離成功已是如此地遙遠。

一個軍衛的頭領逼近水陸車，望進車廂裏，目光從沈漫身上移到美麗柏絲蒂的俏臉，當他移往展漠時，剛好與展漠淩厲的眼神碰在一起。那軍衛隊長全身一震，立正敬禮道：「統領，我們不知道是你，沒有人通知我。」

展漠從容一笑道：「我負有元帥的秘密指令，要帶這三位研究所的專家做點特別事情，來不及通知各單位，不過這也好，你們抽調五十人給我，讓我調動。」他不明白為何軍衛不知道他的事，唯一解釋：元帥和沙達查還沒有聯繫，八萬軍衛仍由他管，他不應放過這些籌碼本錢。不過只要接到命令，他們隨時都會掉轉槍頭對付他。

那軍官毫不猶豫領命而去，安排人手。在地下城，所有戰士都要盲目服從領袖，就像以往展漠盲目服從元帥，殘害他人，若非迫虎跳牆，他的忠心是很難改變的。

沈殊抹去了額上的冷汗，驚悸之餘說不出話來，柏絲蒂垂下頭，不過看她起伏的胸脯，她也是驚魂未定。

沈漫畢竟受過軍事訓練，禁得起風浪，沉吟道：「五十名軍衛有利也有弊。」展漠沉聲道：「沙達查並不好惹，你的詭計若騙不了他，出口處就是陷阱。」

水陸車在東城體育館的正門停下，當展漠等下車時，五十名軍衛已列好隊形，等待指示。

展漠眼光冷冷地注射在那隊長身上，隊長眼中閃過一絲驚疑的神色，在地下城裏，每一個人的關係都建築在提防和猜疑上，一個無意的行為也可能惹來殺身之禍，一向習慣了這關係的展漠，心中一片煩厭，想起自己在元帥跟前那種戰戰兢兢、朝不保夕的心情。

沈漫走到他身旁，送來了一個催促的眼神，這是分秒必爭的時刻，一待元帥看完歌劇，下達剝奪展漠軍職的命令，眼前這批馴若羔羊的軍衛，將變成如狼似虎的可怕敵人。

展漠會意，向肅立在寂靜街道上的五十名軍衛道：「關掉你們所有傳訊設備。」

那隊長愕然道：「統領！」展漠左手按着圍在腰間的力場帶，一扭力場帶中間的圓環，一股能量立時由腹部流進他右手的神經，展漠右手輕揚，一道白光「噼啪」一聲，輕擊在隊長的左肩上，隊長悶哼一聲，一連踉蹌向後倒退了四、五步，臉色慘白，他知道只要展漠加強兩至三度磁能，他的肩胛骨將變成粉末。

力場帶是地下城最驚人的自衛和攻擊武器，只有元帥才有權頒賜和收回，展漠一天有力場帶在身，便一天擁有最高和絕對的權力。

隊長勉強站直身子，轉身傳下命令。

展漠權威地命令道：

「你們給我守在四周，在人造太陽亮起前阻止任何人進入這運動場範圍內，即使沙達查和他的秘衛也不例外，除非是元帥親臨，否則我說的話就是最高的指令。」

眾軍衛轟然應諾。

展漠轉過頭去，恰好接觸到柏絲蒂明亮的秀目，微笑道：「請！」

展漠四人通過座位間的通道步出運動場的廣闊空間，可容十萬人的座位空無一人，不過他們都能輕易描繪出密密麻麻佈滿觀眾的情景，只有在運動場裏，地下城裏一向受壓抑的人才可縱情狂叫吶喊。

運動和歌劇，是這不見天日的廣大地下王國的兩項最受歡迎娛樂。

負責守衛運動場的軍衛當然不敢阻攔展漠等人，使他們安然踏進人造草皮的柔軟場地上，運動場的北高台亮起了一盞射燈，剛好照射在運動場的正中心處。

展漠忽地停下了腳步。

其他三人愕然望向他。

只見展漠定眼望着運動場中心射燈照亮處那個清晰完整的光圓，深吸一口氣道：「待會我將以力場帶發出龐大的能量，將射燈照射處的地面壓進去，只要地穴一現，你們必須以最快速度和我衝進去，因為穴門一開，元帥的力場帶會受到感應，發動全力追捕我們，所以速度決定了成敗。」

沈殊道：「我忽然想到一個問題，整個地下城只有元帥、沙達查和你知道出口在那裏，亦只有你們的力場帶才能開啓地穴出口，這麼多疑的人，怎會沒有防範你兩人逃出去的方法？」

展漠沉吟道：「但我和沙達查都不會出去，因為我們都深信外面充滿了大戰留下的輻射和毒氣，也可……」

「轟！」一聲震響從運動場正門處傳來，跟着是密襲的炮火。沙達查

幽靈船

終於來了。

展漠狂叫道：「快！」當先向運動場中心奔去，其他三人豈敢怠慢，緊跟而去。展漠一邊走，左手緊握着力場帶的圓環，強大的力量隨着直伸的右手向前送去，射燈照耀的運動場中心地面開始陷下去。

在驚心動魄的交火裏，突然傳來幾下特別響的強烈爆炸，跟着是建築物隆隆倒塌的聲音。

展漠這時已奔至地穴洞前，一塊方圓三米的圓形陷了進去，下面黑沉沉一片，高深莫測。

展漠在地穴邊緣猛地止步，臉上忽紅忽白，顯是難作決定。沈漫叫道：「你到過下面沒有？」

展漠搖頭道：「沒有！七年前我初任此職時，元帥帶我來到這裏，告訴我地穴開啓方法，並說假若我繼承帥位，亦須將這出口告訴兩名最得力的手下，以免這秘密因人的死亡而失去。」

沈殊道：「元帥沒有進去？」

展漠道：「我也曾問過他，他的表情很奇怪，想了一會才回答我，說他曾經進去過，不過又退了出來。」

柏絲蒂驚叫道：「你們聽！」

甚麼也聽不見，當他們驚悟到軍衛已給沙達查徹底殲滅時，已遲了一步。

「轟！」「轟！」

沈殊和沈漫這站在後面的兩人整個被彈前來，將站在邊緣處的柏絲蒂和展漠撞得跌進地穴去，展漠跳下地穴前回頭一瞥，見到兩人眼耳口鼻都流出血來，當場喪命，遠處一大群秘衛蜂擁而來。

這影像一閃即逝，他已和柏絲蒂一起掉進地穴裏的無邊黑暗裏去。

展漠一按力場帶，強大的能量從力場帶流入腹部，再由神經擴展至四肢，他的勢子加速，一下趕上了急跌的柏絲蒂，將她攔腰抱個正着，跟着能量運轉，一股力道向黑暗的下方按去，產生另一股相抗的力道。

他們的跌勢由急至緩，慢慢地往下降去。

「砰！」

兩人雙腳沾地，跌了個四腳朝天。

柏絲蒂的秀髮拂上展漠的臉，麻癢癢地，不過心內卻舒服得很。

兩人大口地喘着氣，沒有人知道這裏面有甚麼東西，人聲在遙遠的洞口傳過來，那變成了一暈白茫茫的光，由實地到洞口，至少距離有五百至六百米。

展漠按着力場帶，借力場帶發出的力場探測這廣闊漆黑的空間，不一會已有所發現。展漠跳了起來，一把拉起柏絲蒂柔軟的纖纖玉手，大踏步向前走去。柏絲蒂甩了一甩，甩不掉，無奈地被展漠拖着往前走。她對展漠有種明顯不友善的情緒。

兩人來到一面牆前。

展漠低聲道：「這是個密封的空間，不過這面牆，後邊有一個空間，可能是出口，你站後一點，我要發出死光將這面鐵牆摧毀。」

柏絲蒂退後了六、七步，一股奇異尖銳的聲音從展漠處響起，知道他正蓄聚着發射死光的能量。

「啪啦！」

一道電光劃破黑暗的空間，擊在鐵牆上，蓬！轟！鐵牆如同沙石般碎下，露出另一個黑暗的空間。

展漠道：「有沒有照明器？」

「啪！」柏絲蒂掏出照明燈，破毀的鐵牆外是一條長長的通道。

展漠道：「奇怪，是誰用鐵板封死了這出口？快走！」兩人既驚又喜下，向謎樣般的深長通道奔進去，通道四面牆壁都是由呈灰白色的合成金屬製成，和地下城的建築是同樣的材料，壁頂有照明的設備，不過可能已被切斷能源，又或時久失修，如同廢物。兩人別無選擇，亡命奔前，元帥和沙達查豈肯輕易放過他們。

兩人不斷前奔，柏絲蒂一個踉蹌，幾乎跌倒在地，展漠一手摟着她的纖腰，叫道：「你怎麼了？」

柏絲蒂掙開他的懷抱，退後兩步，背脊撞上牆壁，滑坐下來，嬌喘道：「我走不動了，要休息一會。」

展漠伸手嚷道：「沒有休息的時間了，沙達查隨時會追到，讓我拉你起來。」

柏絲蒂厭惡地盯了他伸出來的手掌一眼，道：「不要碰我。」

展漠大怒道：「你又不是和我有深仇大恨，這樣的情形下還不同舟共濟，如何逃命？」

柏絲蒂眼睛閃着奇異的火燄，用跟她表情絕不相襯的奇異語調道：「你怎知我們沒有深仇大恨，今早你殺的，正是我的幼弟，他身上那本書，正是要帶給我的。」

展漠一呆道：「幼弟！」這是個非常新鮮的名詞，在地下城裏每一個人都是試管嬰兒，男女雖可交歡，卻不能生兒育女，所以父母兄弟的倫常關係並不存在。

柏絲蒂眼中火燄消去，代之是疲累，道：「我的父母是元帥的古文字研究秘書，在地下城裏只有元帥才能知曉人類往日的歷史，我的父母也是叛徒，藉着元帥的寵信，私下生了我和弟弟，因為他們也知道歷史，知道父母生子是最自然的正道。」

展漠像給人當胸重擊一拳，頹然退後，無力地挨在牆壁上，他並不想知道歷史，也不想知道誰對誰錯，他只是希望能逃出去，就像鳥兒飛出囚籠。

兩人間一片沉默。

柏絲蒂站起身子，道：「走吧！」當先行去。展漠跟着她走，不一會來到了通道盡頭，是個沒有鎖的雙重門，門上有幾行血紅的字，是用古文字寫的。

展漠愕然。柏絲蒂臉上也泛起奇異的神色。

展漠道：「為何這裏會有古文字？早在三百年前，地下城已明文規定：禁止古文字的運用。」

柏絲蒂喃喃唸道：「動力庫重地，閒人勿進。」

展漠輕輕推第一道門，應手而開，第二道門後，眼前一亮。

在明亮燈光下，一個龐大無匹佈滿了各式各樣奇形怪狀的龐大機器，展現眼前，就如一根大圓柱，由地面直伸上三百多米高的頂部，其他一個個巨大圓鼓，被千百枝不同顏色的圓管連接在一起。圓鼓傳來奇異的聲響，顯示它們正在運作，圓鼓圓柱都印上了古文字。

兩人瞠目結舌，不明為何出口處有這樣的東西。

柏絲蒂指着那頂天立地巨人般的大圓柱道：「上面印着『氫聚變化反應循環爐』，不知是甚麼東西。」

展漠皺眉道：「你曾否聽説過地下城的能量供應來自甚麼地方？沒有！沒有人知道，地下城的人自出生便享受着地下城的一切，人造太陽每天亮起，黃昏時變黃，晚上熄掉，河裏有大量可供食用的生物，水用掉後給傾倒集水爐裏，經過過濾後，又變成乾淨的食水。城裏的牧場不斷繁殖着豬、牛、羊等動物，使我們不用憂慮生活，每個人的精力都用在運動和做愛、聽歌劇，但這一切是誰賜予我們的？不是元帥，而是眼前這些奇異的機器，就是它們賜給我們源源不絕的能量。」

柏絲蒂呻吟道：

「究竟是怎麼一回事？出口在哪裏？」

展漠道：「跟我來。」他的眼睛越過廣闊的空間，牢牢地盯着另一端一個髹上紅色的門上。

大約過了半小時之後，兩人已站在門前。

門上又是另一行文字。柏絲蒂解讀道：「武器解除室。」

展漠道：「這是甚麼意思？」

柏絲蒂對他的敵意似乎減除了不少，比起眼前的奇異天地，個人恩怨變成無足輕重的東西，輕聲道：「我們應否進去？」

展漠一呆道：「我們？」

柏絲蒂垂頭避過他的目光，逕自推門而入道：「我想是別無選擇了。」裏面是另一條通道，不過卻只有五十米長，轉瞬走完，一點特別的地方也沒有。

當他們推開另一道門時，眼前是另一個做夢也想不到的地方。一個佈滿了書架，放滿了禁書的大圖書館，在地下城裏只要藏有一本書也是死罪，這裏卻有百萬本、千萬部。

柏絲蒂驚悸得合不攏嘴。當她驚覺地轉身望向展漠，後者臉上泛起奇異的苦澀神色。

她叫道：「甚麼事？」

展漠苦笑道：「我的力場帶失去了所有能量。」

柏絲蒂這才注意到他左手按在力場帶的圓扣上，愕然道：「剛才那句話真不是騙人的了，任何人經過後，武器的能量都會被除去。」

展漠道：「看來是這樣。」

柏絲蒂跳到書架前，尋寶似地將一本書抽了出來，大喜呼道：「你看！」

展漠湊近一看，也呆了起來。

只見書中有幅彩色大圖片，一望無際的草原，各式各樣奇怪的生物在悠然自得地吃草，藍天白雲，遠處高山起伏。天下竟有如斯迷人的美景。

柏絲蒂喜悦地說：「這就是地面上的世界。」

展漠感染了她的喜悦，一把扯着她走，興奮地道：「快，在沙達查找上我們之前，早一步找到出口，那時海闊天空，任我們飛翔。」

柏絲蒂不捨地將「寶物」放回架上，緊握着展漠的手，從圖書館的另一端，走進另一個空間。

那是一個方形的空間，並不太大，不過卻不成比例地高，足有兩百多米。

空間一角有一道長長的旋轉圓梯，蜿蜒而上，最高處似乎是一道門，不過那實在太高了，令人難以看清楚。

出口！

這個念頭同時閃過兩人心頭。

「不要動！」

兩人駭然回頭。

一個身材矮壯、禿頭、兩目精光閃閃、年約四十的漢子，左手按在腰間，右手直指兩人，站立門前。

沙達查終於追到了。

展漢道：「只有你一個人嗎？」

沙達查獰笑道：「還不夠嗎？這種禁地是不適合其他人來的，小心點，不要將手移開腰間，我一定會比你快。」

展漠道：「元帥知道你來嗎？」

沙達查一陣狂笑，叫道：「元帥，他怕已成了一具焦屍。」

展漠愕然道：「你這樣說是甚麼意思？」

沙達查得意地道：「一直以來我都想幹掉元帥，為何我要屈居他之下，只不過顧忌你的軍衛，直到昨天叛黨供出你是他們一員，才乘勢將你拘押，又趁元帥看歌劇時將他除去，我們在那歌女身上植進了微型炸彈，當元帥吻賀她時，乘機引爆，哈哈！」

展漠和柏絲蒂面面相覷，其中竟有如斯曲折。

沙達查續道：「若非如此，又怎會讓你逃至這裏來，不過這事將由你的死亡結束，地下城以後就是我的世界了。」

展漠露出一個高深莫測的微笑。

沙達查喝道：「你笑甚麼？」

展漠冷然道：「笑你是個蠢材。」這句話剛説完，他的身子已像豹子般向前撲出。

沙達查左手在力場帶一按，右手劈向展漠，忽地臉色大變，力場帶失去了能量，同一時間他腹下要害中了展漠一腳，跟着眼臉胸脇連續中拳，眼前一黑，知覺盡失。

展漠喘着氣再在沙達查胸前加上一腳，立時傳來肋骨折斷的聲音，沙達查滿臉鮮血，被打得不似人形。

柏絲蒂輕拍展漠肩膊，柔聲道：「好了！讓我們出去。」兩人踏足在旋梯上，一步一步走去，他們歇了幾次，終於來到旋梯盡處的大門，門鈕是個圓盤，展漠鼓起勇氣，扭動圓盤，「的」一聲，鋼門應手而開。兩人屏住呼吸，踏出門外，同時呆了起來，外面並沒有美麗的原野，新鮮的空氣，只有漆黑無盡、繁星密佈的星空，他們通過一個巨大的窗戶，不能置信地看着窗外的奇異天地。窗內是個廣闊的空間，佈滿各式各樣奇異的儀器，就像個巨型駕駛室。

柏絲蒂嗯了一聲坐了下來，展漠則無力跪下，呻吟道：「怎會是這樣的？」

柏絲蒂俏臉蒼白，望向展漠道：「我明白了，我們不是在地底裏，而是在一隻龐大無比的太空船內，只不過我們不知道，沒有人知道，你看，那個掣寫着『回航』，天！我們究竟是從哪裏來？書中的世界是否是我們的故鄉？」

展漠伸手在回航掣上一按，整個駕駛艙立即有反應，窗戶變成熒光幕，一行古文字亮起道：「航程取消，返回地球。」飛船移動起來，掉頭往回飛去。

樂王

樂迷的喧叫聲，歡迎的旗幟標語，波浪般在接機的大堂內此起彼落。

身旁的霍金叫道：「你看！他出來了。」

大堂內數千名男女立時爆起滿天的歡呼和口哨聲，嘈吵的極點裏一時間甚麼也聽不到，所有的人就像做着無意識的啞劇動作。

警方派來維持秩序的人員都緊張起來，將蜂擁前去的樂迷攔住。他們的偶像正步出海關。

「小森！」「小森！」「樂王！」

樂迷聲嘶力竭地叫着偶像的名字。

小森可能是歷史上最偉大的吉他手和作曲家，從沒有人能像他那樣打動那麼多人的心，那樣風靡了全球的樂迷。他自從三年前出道以來，沒有一個演奏會不爆個滿堂紅。

可惜他和一連串血腥的謀殺案牽連在一起。他每到一地，都有美麗的少女被殘暴地姦殺，到目前為止共有十三人，至於明天的數目便不知了。

樂迷的歡叫聲沸騰起來，達到新高點。

霍金推了我一把，叫道：「看！那就是樂王小森，黛黛在這裏就好了，她最喜歡他，我太太也喜歡他。」

黛黛是他的女兒，我笑道：「你可以找他簽個名。」

霍金眼睛發亮，恍然道：「噢！是的。」

我眼光越過大堂，玻璃門打開，在一群人簇擁下，小森昂然步出。

無可否認，他是個非常好看的男子，三十出頭，那如夢如幻的眼神，更使他與眾不同。

不過，我總覺得他蒼白的臉龐帶着三分邪氣。

鮮花瓣飛上半天，雨點般向他撒去。

小森保持着一貫的清冷從容，在保鏢和警察的開路下，穿過如醉如癡的崇拜者，往機場右邊的直升機場步去。

到了我需工作的時間了。

我和霍金來到樂王小森落腳的酒店時，酒店四周如臨大敵地佈滿了保安人員。

保安員正在阻止聚集在四周的樂迷進入酒店內。

據聞在三個月前有人知道小森挑選了這酒店後，所有房間立時全被訂下。小森的受歡迎程度和引起的狂熱，怕只有宗教裏的超級領袖才辦得到。

我們將車駛到酒店的正門，兩個保安員迎了上來。

霍金出示證件道：「聯邦密探！」

跟着介紹我道：「我老總杜希文隊長。」

其中一個保安員肅然起敬道：「隊長，我知道你的事。」

我拈着唇上那撮濃黑的性感小鬍子差點笑起來，倒忘了自己也是國際上的名人。辦了幾件棘手的案子後，我名噪一時，其中包括將黑手黨的大頭頭雅倫弗朗送進了監獄。

霍金沾我的光也神氣起來，趾高氣昂地帶頭進入酒店的大堂，倒像他比我更出名那樣。

我的眼光警覺地在人來人往的大堂來回掃射，幾乎敢肯定大多數人都在等候小森的大駕，其中不少是新聞界的記者。

哪家報刊假設能對一向不接受訪問的小森進行獨家採訪，銷路肯定會直線竄升。

那仰慕小森的保安員領我們來到一座獨立的升降機前，向兩名守衛的保安員道：「這位是聯邦調查局的杜希文隊長。」

那兩名保安員立時將我認出來。

我對這一點也不奇怪，因為我早一陣子出現在電視上的次數，只比總統少了一次半次。

保安員恭敬地向我打招呼道：「馮禮先生下了指示，請杜隊長上去。」

當他說到馮禮時，我腦海中馬上勾畫出一副精明厲害的面孔——瘦高的身形，窄長的臉——那是小森的經理人。

機門打開，我們正要進入，一聲嬌呼傳來：「嗨！等我。」

我們愕然回首。

一位秀氣迫人的美女揹着個大袋，逼進了升降機，香氣襲來。

她喘着氣向我道：「杜隊長，對不起，我遲了。」

跟着向隨我們進內的保安員拋個媚眼，說：「秘書就是這麼難做。」還嘆了一口氣。

我和霍金面面相覷，跟着啞然失笑。

我剛要向保安員解釋我並沒有如此艷福，可以有這般如花似玉的女秘書時，她已精靈地不讓我把話說出，緊接着反問道：「你們拿了樂王小森的簽名沒有？」

保安員興奮地道：「我拿了，那是給我兒子的。」手一按，機門關上，升降機開始向上升。

他一點也不懷疑她是乘機而入的假貨。

我望向她，剛好她俏皮地向我眨眼睛。長長的秀目，確是秀色可餐。

我心中一動，記起了她是誰。

升降機門打開，外面四名保安員八隻眼睛凌厲地射在我們的臉上。

那美女反客為主，踏出門外道：「這是我們聯邦調查局的杜希文隊長。」

一個冰冷的聲音從左側傳來道：「杜隊長是家喻戶曉的人物，不用你介紹了。」

我和霍金步出機門外。

這裏是酒店頂樓的總統套房。其實，用「房」來形容實在不大妥當。因為待客的小廳已比很多人的客廳還大。

小森的經理人馮禮，瘦高的身材，站在小廳和大客廳間緊閉的門前，專誠來迎接我們到來。

我和馮禮精光閃閃的眼神短兵相接。

看到他警醒的神色，知道他已從我堅定的眼神，察覺出我是絕不好惹的人物。

馮禮眼光轉到那美女身上道：「杜隊長，我和你約好，小森只接見你和助手，並不包括這位小姐在內。」

我淡淡一笑道：「這位是《太陽時報》的明星記者，左詩雅小姐。」

馮禮臉色一沉。

左詩雅若無其事飄一個眼色過來道：「好記性，還記得我問過你幾句話。」

霍金接口道：「我老總的記憶力最壞，從不記得我的好處，不過對美女的記憶卻是最強的。」

馮禮冷冷地插入道：「左小姐，我不理你怎樣混上來，不過你要馬上離開。同時，我會撤換失職的保安員。」

左詩雅俏麗的臉龐，掠過一絲過意不去的神色，使我對她大增好感。畢竟，她並非那種自私自利、不擇手段的人。

馮禮轉了身，往大廳門走去。

四個保安員走了上來，帶頭的向左詩雅道：「小姐！請。」

左詩雅寶石般的眼珠轉了兩轉，嚷道：「馮先生，不要誤會，我只是來要個簽名，小森不會連樂迷一個小要求也拒絕吧。」

看着她巧笑倩兮的俏臉，只要是男人，就很難拒絕。

這時，馮禮來到大廳門前，伸手按了牆上電子鎖的一組密碼。門打了開來。

他緩緩轉身道：「要求可以，卻不是在這樣的情形下。保安員，送她下去吧！」

左詩雅瀟灑地聳聳肩，看情形她知道過不了對美女無動於衷的馮禮這一關了。

馮禮忽地叫道：「小森！」

各人同時一呆，望向廳門，一個人走了出來，正是令千萬人迷醉顛倒的樂王小森。

馮禮還要說話，小森作了個阻止的手勢。

小森如夢如幻的眼睛，凝注在左詩雅身上。那種眼神非常複雜，帶着興奮，其中又似有莫名的悲哀。不過，這神色一閃即逝，很快又回復冷漠和一貫的不置可否。

左詩雅待要說話，他已轉身走入廳裏。

望着他的背影，我心中升起難以言喻的感覺。

左詩雅望着小森的背影，秀美的臉龐現出如癡如醉的神情。

正如報紙所吹噓的，沒有女人能抵擋樂王小森的眼神。

這當然並沒有包括他的笑容在內，因為從沒有人見過他笑。

我的眼光在各人臉上巡戈，發覺四名保安員和我的混蛋助手霍金，同樣露出興奮和沉醉的表情。

小森的魅力並沒有男女之分，我似乎是唯一清醒的一個。

最後，我的眼光接觸到小森經理人馮禮銳利的雙目。當然，他也和我一樣清醒。

英雄慣見亦常人，正如我們對世界也有不外如是的感覺。

馮禮眼中露出警惕的神色，對我的清醒和自制力大表驚慄。

他冷然道：「這位小姐請下去，杜隊長和您的助手請隨我來。」

霍金不滿道：「我叫霍金。」他不喜被人看作只是我的工具。

左詩雅甩甩頭，像是要把小森的影響從她腦袋裏甩走。

可能她正在後悔剛才為何不取出相機，將小森那對令人神魂顛倒的眸子拍攝下來刊登在明天的頭條裏，加上「英勇女記者妙計闖入小森臥室」一類的標題。

在四個保安員護持下，左詩雅茫茫然離去。

我和霍金隨着馮禮步進寬敞華麗的大客廳裏。裏面十八世紀的佈置，傢俬和油畫，皆洋溢着古雅的味道。

小森坐在一張安樂椅上，背對着我們。他通過落地玻璃窗，從四十八層高的酒店頂樓俯瞰着壯麗的市景。他旁邊几上擺着一個盛着碧綠液體的高腳酒杯。

太陽在左斜方發出沒進地平線前的萬道霞彩。我冒起一種奇怪的感覺：小森雖然目前穩站在成功的極峰，但總帶着夕照那種時日無多的哀艷美，這是否因為他眼裏的哀傷？

我向馮禮道：「可否和小森單獨一談？」

馮禮斷言拒絕道：「不！」

小森忽然道：「不！」

馮禮愕然望住背着我們而坐的小森，道：「小森，我不能只留下你！」

小森柔和的聲音懶洋洋地道：「馮先生，我也希望能將殺害我樂迷的兇徒繩之以法，所以，只要是警方的要求，我就不會拒絕。」

馮禮眼中閃過奇異的神色，沉吟了片刻，離廳外出。

這時只有我、霍金和小森。

小森嘆了一口氣道：「十三個！已經有十三個青春美麗的生命消失了。」

我緊追道：「你記得那麼清楚？」

小森柔聲道：「我記得太清楚了，那已成了我噩夢的一部份！你們一定要抓到兇手，殺死他！」

我淡淡道：「非到逼不得已，我們是不會殺人的。」

小森聲音一寒道：「這種萬惡不赦的兇徒，為甚麼還要留他在世上？」

我也冷冷道：「我們找到的只能說是疑犯，只有法庭才能判決他是否有罪。」

小森隨着椅子的轉動，變成正面向着我們。

他臉上的肌肉扭在一起，激動的神色代替了一向的清冷，狂叫道：「我不理你們的所謂道德和規矩，總之你要殺了他，毫不留情地一槍殺了他。」

霍金和我目瞪口呆，意料不到一向清冷自若的樂王小森，竟然有這種人性化的表情。

小森的面容轉眼平復過來，輕輕嘆了一口氣道：「對不起！我失態了。」

他伸手探向几上盛着碧綠液體的杯子，指尖輕觸杯身，這使我記起了每一張他的宣傳海報，不是手上拿着這盛滿碧綠液體的杯子，便是放在一旁；小森和這杯子，已成了秤不離陀的標誌。

霍金衷心讚道：「你真有一顆偉大的心，嫉惡如仇，我……」

我不耐煩地打斷他道：「霍金，記着我們是來辦案的，你省點氣力留在音樂會裏叫喊吧。」

小森道：「在我音樂會裏從來沒有人能叫出聲來的，杜隊長！」

我愕然想道：難道那群在機場迎接小森時叫得聲嘶力竭有若瘋子的樂迷，到了音樂會裏會變成一聲不響的小羊兒？

我不但未到過他的音樂會，連他的唱片也沒有聽過。報刊雜誌上對他的推崇備至，對我這沒有甚麼音樂細胞的人，實在不值一哂。

霍金興奮嚷道：「明天晚上的音樂會我們一定……哎呀！」

霍金當然會叫起來，因為我踹了他一腳。

我和霍金在小森對面的大沙發坐了下來。

小森英俊秀美近乎詭異的臉龐上，再次籠罩着一貫的沉鬱，像這世上再難有令他動心的人或物。

我開門見山道：「已發生的十三宗兇案裏，每一位受害的少女都有幾個共同點，霍金你說一說。」

我並非懶得自己說，而是希望能更專心去觀察小森的反應。不放過任何可能得到資料的機會，是我成功的一個秘訣。

霍金乾咳一聲，清清那因面對小森而興奮過度的聲帶，說道：「第一宗兇殺案發生在三年前一個炎熱的夏天，直到現在，每一宗兇殺案都是在夏季發生。而兇案發生的日子，都是異常酷熱反常的天氣，似乎兇手很受炎熱氣候的影響。」

小森保持着清冷神情，不過，那對如夢如幻的眼珠泛起了一層薄霧似的光彩，使他看來更具撲朔迷離的詭秘。

我插入道：「而且，每一宗兇殺案都發生在你舉行音樂會後的十二小時內，受害的少女均曾參加你的音樂會，她們都是公認的美人。兇案現場可能是最大分異的一環：有的回到家裏才遭姦殺；有的在車內；有的在音樂會場附近的公園樹叢裏。這些年來你做世界性巡迴演唱，而同樣的姦殺案，也在不同的國家發生，似乎那兇手一直跟着你巡迴各地，你不斷開音樂會，他不斷姦殺你美麗的樂迷。」

小森眼中現出茫然的神色，既帶驚懼，又包含着不盡的抑鬱和化不開的哀愁。可是他的面容卻平靜無波，使人很難聯想到他剛才臉肌扭曲的模樣。

無可否認，他那魔術般表達感情的眸子，確有奪魄勾魂的魅力。

霍金接着道：「這些被害者大多都有男朋友或友人和她們在一起的，可是當那兇手出現時，她們會突然陷進昏迷裏，醒來時慘劇已經發生了。到現在為止，仍然找不到使她們昏迷的原因。」

小森眼睜睜地望着前方，我肯定這時他正陷進視而不見的沉思裏。

我直截了當地道：「小森先生，為何每一個音樂會都選在夏天舉行？難道氣候也對你有影響嗎？」我終於提出了最關鍵性的問題。

「你沒有權這樣問，這完全是小森的自由。」一個冰冷憤怒的聲音從身後傳來。

我和霍金兩人回頭向後望，小森的經理人馮禮站在打開了的廳門前，眼睛射出凌厲的神色，看來動了真怒。

我冷冷地回答道：「為了將兇手正法，有甚麼問題是不可以問的？」

馮禮緊盯着我，好一會才道：「總統派來的車子到了，小森你要立即起程。」

我正色道：「我說過，這次問話最少要兩個小時。」

馮禮道：「請你的局長去和總統說吧，對不起！不過，你最好先和你的局長解釋你問的不是廢話，我想那會有點困難吧。」

這馮禮也算詞鋒凌厲，我轉向小森道：「小森先生，可否讓我再多問兩個問題？」

小森如夢如幻的眼睛凝視着我，我忽地升起一種奇怪的感覺。他凝視的力量像電流一樣，毫無隔閡地鑽進我的神經裏。

小森低首沉吟，「叮！」他的指甲彈在杯身上，杯內碧綠的液體起了一圈圈的漣漪。

馮禮大步走到小森身後道：「小森！總統為你而設的晚宴快開始了，你再沒有時間。」

小森驀地抬起頭道：「殺死他殺死他。」站了起來，順手拿起酒杯，深深望我一眼後，緩緩往臥房那邊走去。

馮禮將手讓向廳門，毫不客氣地道：「請！」

我知道跌進了此君的陷阱，故意安排我在小森赴總統的晚宴前匆匆的半小時內見小森，教我不能詳問。

我一肚子氣離開。

到了大堂時，側眼望望身旁的霍金，看他的神氣，就像是個皇帝，只差了頂皇冠。想不到見見小森也可以令他如此趾高氣昂。我故意道：「老霍！你忘了拿簽名。」

霍金臉色一變，跳了起來，氣急敗壞回頭便去，給我一把抓住，喝道：「不過，你先要替我做一件事。」

霍金哭喪着臉道：「沒有小森的簽名，如何向女兒交差，甚麼也不想做了。」

我又好氣又好笑喝道：「你如果被我革職，除了如何向女兒交代外，看你還如何向妻子交差。」

霍金苦着臉道：「老總吩咐吧！小人能做的必做，不能做的也做。」

我正容道：「你立即動用所有人手，二十四小時監視小森，最好向酒店借份圖則，我要你看緊每一個出口，特別是總統套房到下層去的通道。」

霍金愕然道：「你不是懷疑小森吧？」

我冷冷道：「案未破前我懷疑每一個人，包括你在內。不要多言，立即去辦。」

霍金呆了一呆，領命去了。

我沉吟半晌，發覺自己的思緒非常混亂，心想不如去喝杯啤酒。遂往酒店內的酒吧步去。

才走了幾步，香風襲來，纖纖玉手穿進了我的臂彎，高聳的乳房壓着我肩胛。

我側頭一望，美麗的明星女記者左詩雅的如花笑臉正向着我，令我想到開屏的孔雀。

我微笑道：「想色誘聯邦密探嗎？」

她以燦爛的笑容回報道：「只不知小妹有沒有這樣的能力？」

我嘆道：「你就算減二十分，對我這色鬼依然管用得很。」我誇張地嚥了一口口水，色迷迷地盯着她銀絲質圓領襯衣低開處若隱若現的乳溝。

她俏臉一紅道：「你可否看得含蓄一點。」

我愕然道：「你既然不打算對我這色鬼投懷送抱，那就拉倒，不要阻止我一個人去快樂。」

她俏臉一紅再紅道：「來！讓我們作一項交易。」

我笑道：「若不是獻出玉體，一切免談。」

左詩雅忍無可忍，一把甩開我的臂彎，怒道：「你當我是甚麼？出來兜售人肉的妓女？」

我瞇着眼上上下下在她高挑修長的動人身段上巡弋一番，才道：「你也以為我是甚麼？隨便出賣國家機密的傻瓜？」

左詩雅呆一呆，噗哧笑了出來，手一伸，再穿進我臂彎，嗔道：「早知你是正直不阿的蠱惑密探。來！讓我先灌醉你，再來套取國防機密。」

在酒吧一個幽靜的角落坐下後，每人要了一大杯生啤酒。

左詩雅道：「想不到酒吧裏這麼清靜。」

我哂道：「所有人都擠到大堂去看小森微服出巡，誰還有興趣到這裏來。」

左詩雅眨了眨那對長而秀氣的鳳眼，眉頭輕皺的樣子非常好看。

我飽餐秀色之餘，輕鬆地道：「好了！畫下道來。」

左詩雅看了我一會，輕聲道：「你這人倒有趣得很。」

我道：「比起小森怎樣？」

左詩雅一愕後笑了起來，喘着氣道：「沒有人能和小森相比的，他是無可比擬的天才。」

我失望地道：「看來我也要買張小森的唱片聽聽，好使我們的分歧減少些。」

左詩雅搖頭道：「聽小森的音樂一定要到他的音樂會去，聽唱片完全不是那回事。」

我心中一動，好像捕捉到一點甚麼，可是卻不能具體地描述出來。問道：「怎樣不同？」

左詩雅俏臉泛起迷醉的表情道：「那是說不出來的動人經驗，或者可以這樣說，每一個他奏出來的音符，都可以引發你腦海中現出一幅幅美麗的圖畫，那種感覺，是無與倫比的。」

我默然不語，仔細咀嚼她的描述。

左詩雅道：「明晚的音樂會，你一定會來吧！」

我應道：「當然會去。」

左詩雅站起身來道：「大偵探！我走了。」

我驚奇地道：「你不是要套取口供嗎？」

左詩雅道：「只有白癡才想套取名震全世界的杜大隊長口供，與其白費氣力，不如留個較佳印象給你吧。」

她一俯身，豐潤的紅唇印在我左面頰，嬌笑聲中蝴蝶般飛了開去。

我回到辦公室時，心中還纏繞着那印在臉上刻在心裏奪魄勾魂的一吻，希望這不是墮進愛河的先兆。

敲門聲響。

白其安博士推門進來，他是犯罪學的第一流專家，也是負責研究我們稱為「樂迷殺手」專案小組的主要成員。

我道：「老白！這麼晚還不回家看孩子？」

白其安道：「只要能見不到家中的黃臉婆，甚麼苦我也能忍受，包括和你說話。」

笑罵聲中，他已不客氣坐在我枱前。大家十多年老朋友了，除了他身上有多少根汗毛我不知外，甚麼也瞭如指掌。

白其安道：「我集合了所有有關『樂迷殺手』的資料，得到了幾個奇怪的結果，你先看看這幾幅圖片，看你是否也和我一樣有觀察力？」

我拿起他遞給我的一大疊圖片，仔細過目。那都是樂迷殺手姦殺少女的現場圖片。

我將整疊圖片擲在枱上，道：「這是我第一百次看這些不堪入目的裸女姦後照。她們都是在極度亢奮下暴斃，就像吃了過量的興奮劑，血管栓塞引致爆裂。問題是她們的血液沒有留下藥物的痕跡，她們的下體有明顯撕裂的破損，顯示這兇魔有着比我還強一丁點兒的性器官和能力。」

白其安接着道：「最奇怪的是她們身上一點其他傷痕也沒有。在一般這類案件裏，受害人身上一定佈滿暴力留下的瘀痕，強姦者的齒印。可是這些受害者卻甚麼也沒有，似乎被姦時全無掙扎的意圖。」

我嘆氣道：「白大專家，你已是第一百次和我說這些無聊的話了。」

白其安不屑地悶哼一聲道：「你有沒有留心看她們死後的面容？是那樣安詳和美麗，就像死亡是快樂的頂峰，一點兒也不難受。」

我全身一震，再撿起那些相片，仔細端詳。白其安說得不錯，她們是在極樂中死去。是甚麼使得她們留下那樣滿足、安詳的死相？

電話鈴響。

我拿起電話，局長羅單的聲音響起道：「杜隊長，你立即到我的辦公室來。」

我在局長羅單對面坐下。

局長一反平日的豪情爽朗，沉吟片刻才有些難以啓齒地道：「你剛才見過小森？」

我點點頭，預感到不妥當的事將要發生。

局長精明的眼盯着我道：「聽說你對小森很不客氣，問了些不該問的問題。」

我諷刺地道：「下次我可先將問題給你過目，讓你圈出不該問的來。」

局長道：「沒有下次了。」

我愕然道：「你不是認真的吧。」

局長淡淡道：「我比在教堂裏講道的牧師還認真。」

我奇道：「希望你不要忘記我正在調查一宗有關十三名少女的姦殺案。」

局長道：「沒有人阻止你去擒兇捉賊，只是不要再碰小森。」

我冷冷道：「假設小森是兇手怎麼辦？」

局長一掌拍在枱上怒道：「媽的！剛才小森那經理人老狐狸馮禮那龜蛋，在餐枱上當眾向總統投訴，説聯邦調查局將小森當兇手來盤問，影響了小森的心情，假設情況沒有改善，小森將取消所有演奏會。你知那會有甚麼後果？數以萬計的樂迷將會衝進這裏，搗毀每一件能搗毀的東西！小森的樂迷發起怒來，連總統也可推翻。」

我無動於衷地道：「讓我們核對小森的精液、毛髮，假如他不是兇手……」

局長霍地站起道：「總統親自給了我一個電話，叫你有那麼遠便滾那麼遠，這不是提議，而是命令。記着！比起小森，你和我都是微不足道的可犧牲的可有可無的小人物，小森卻是不能替代的。而且，你知道嗎？他所有收入都是分文不取捐給慈善機構的。」

我取出香煙，遞了一根給他，自己含了一根，點燃，深吸一口後道：

「你通知總統預備鮮花，祭祀另一個被害少女。」

維納斯露天演藝場是全國最大的，可容十二萬人。六時開始，四十個閘口大開，數以萬計的樂迷魚貫入場。到七時三十分，圓形層層上升的座位密密麻麻地佈滿了人。

強烈的聚光燈集中在演藝場西面的半圓形高台上，那裏只放了一把吉他。八時正，名震全球的樂王小森，會拿起這吉他，彈奏出令人神魂顛倒的樂曲。

十二萬人出奇地寧靜，期待使他們忘記了開口出聲。他們更像一群朝聖者，等待小森為他們奏出聖樂。

我雖然對音樂不大感興趣，仍被現場的氣氛感染，產生了期待的心情。

我站在後台處，有些茫然地望着聚光燈映照下那個孤獨地擱在台前面對着十二萬樂迷的吉他。假設小森真是兇手，我應該怎麼辦？小森若要女人，只要勾一勾指頭，排隊入房欲被寵幸的美女可能會繞地球一圈。他用得着冒險去強姦嗎？而且實在有太多難解的問題了。

「杜隊長！」

我從沉思中驚醒過來，緊繃着臉的馮禮站在我背後。

我嗨地叫了一聲。

馮禮毫不領情，沉聲道：「滾下台去，你在這裏會影響小森的心情。」

我淡淡道：「我想小森也希望我擒拿兇手吧！」

馮禮喝道：「滾下去！否則我立即宣佈音樂會因你而取消。」

我聳肩哂道：「走便走吧，橫豎我一向對音樂的興趣不大。」轉身從左台側的梯級下去。

馮禮做夢也想不到我這等反應，反而有些不知所措。我才步落梯級，一閃身來到了馮禮看不到的死角。

「嗨！大隊長。」

我猛然回首，只見在最前頭的席位裏，美麗的左詩雅向我大力揮手。

我擠到她身側坐了下去，問道：「你倒揀到好位。」

左詩雅道：「這點小手段也沒有，我就不用出來混了。噢！天氣真熱，我不明白小森的音樂會為何總要在露天舉行，而且湊巧都是夏季裏最熱的幾天，比天文台還要準確。」

我心中一震。左詩雅說得對，小森憑甚麼每次揀中最熱的天氣舉行音樂會？

全場聽眾歡呼起來，喧聲震天。

小森全套黑禮服，昂然步出台前，左手拿着高腳酒杯，盛滿碧綠的液體。

鼓掌聲歡叫聲震天響起，所有人站了起來，熱烈地表示對偶像的崇敬和擁護。

我並不想站起來，卻給左詩雅踹了重重一腳，只好苦着臉站起。

小森舉起雙手，所有人忽地靜下來，靜得落針可聞。由喧鬧至寂靜，那種對比使人倍覺感動。

我和左詩雅坐在左側的最前排，離開小森只有二十多碼，可以清楚看見他每一個表情。只見小森如夢似幻的眼神緩緩巡視，當他望向我和左詩雅時，明顯地停頓下來。

他在凝望左詩雅。

我又再見到他在總統套房外初遇左詩雅的眼神，興奮中夾雜着悲哀。左詩雅也感到小森在看她，感動得目瞪口呆，神魂顛倒，我心中不由升起一股妒意。

小森最少在左詩雅俏臉停留了六秒鐘，才將眼光移往別處。

左詩雅低聲道：「看他拿着的酒，每次演奏都拿酒出來，可是卻從不見他喝。」

小森將酒杯放在一旁，拿起吉他坐了下來。

全場觀眾也小心地坐了下來，絕對的死寂。

「叮咚！」樂王小森開始彈奏。

小森修長纖美的手指，輕柔地在吉他弦上彈舞起來，綻出流水般的音樂，向全場十多萬對他的音樂飢渴如狂的人流去。

一時間天地盡是叮叮咚咚的樂聲，我想留心聽那是甚麼旋律，甚麼曲調，卻完全把握不到，只是一個接一個的音，甚至音和音之間的空隙似乎比音本身更有意思。

驀地驚醒過來。幹甚麼了？我一生從未像此時此刻那樣去傾聽每一個音。

「咚！」餘音欲盡忽又爆起叮叮咚咚一連串珠落玉盤的單音，那些音響似乎在很遙遠很遙遠的地方，我再次迷失在音樂裏。

我看到了漆黑的大地閃亮出一個光圓，跟着是一連串逐漸遠去的光圓，跟着的經驗更是難以形容。

沒有了人，沒有了露天演奏場，沒有了一切，只有音樂天地，和與音樂難以分割的視像。一切就像一個甜蜜的夢，在這個仲夏夜的晚上。

柔風拂過原野，高及人膝的青草波浪般起伏着，有若無岸無際的汪洋；孤崖上明月高掛，映照着崖下奔騰的流水。在小森魔幻般的音樂引導下，我進出着奇異的環境和迷人的世界，身不由主。

我感到吉他的清音鑽進了我的神經，和脈搏一起動起來。我忘記了到這音樂會來的目的，忘記了對小森的懷疑，只剩下至純至美的音樂甜夢，和甜夢所帶來的感受。

在這至純至美的天地裏，我跨越了對生死的恐懼，仰望着時間的長河從我指縫間流逝，體悟到宇宙的永恒不滅，沒有極盡。忽然，一股悲傷湧上心頭，旋即又為另一種莫名的喜悅替代，我這才明白到甚麼是百感交集。

「咚……」餘音裊裊。

我茫然睜開眼來，恰好看到小森拿着酒杯離開的背影。音樂完了，這才發覺自己淚流滿臉。

我在街道上踽踽獨行。音樂會完畢後兩小時，我的心情還不能平復過來。

小森的音樂帶給人那種震撼的感受，才是真正生命所能攀登的經驗極峰。我想，參與這個音樂會的每一個人也和我一樣，茫茫然離開演奏場，帶着一個個令人低迴不已的美夢。

為甚麼人不能每一刻都像剛才那樣？

「吱！」車聲在我身後響起。

我本能地跳往一旁。

一架日本小房車駛到我身邊，左詩雅伸頭出來叫道：「大偵探，你的警車壞了嗎？」

我搖頭道：「不！我要靜靜地想一想。」

左詩雅俏皮地道：「想夠了沒有？」

我拉開車門，坐了進去道：「想你則還沒有想夠。」

左詩雅有點驚奇地望着我道：「你的腦袋結構一定與別人不同，其他人第一次聽小森的音樂會，有好幾天不能回復常態，你這麼快便清醒過來了。」

我道：「你不也快嗎？」

左詩雅笑道：「我是第十八次聽他的演奏了，音樂停下後半小時可以恢復過來。我有時真懷疑小森的音樂是一種巫術。」

我嘆了一口氣道：「就算是毒藥，我也心甘情願服食。」

左詩雅嬌笑道：「你給他征服了。聽不聽他明晚那場？你身份特別，可以幫忙帶我進去嗎？我只有剛才那場的票子。」

我嘴唇輕動，卻沒有發出聲來。

左詩雅嗔道：「你説甚麼？」

我微微發音，左詩雅忍無可忍，將耳朵湊到我唇邊，叫道：「大聲點。」

我輕咬她耳珠道：「我們去做愛！」

左詩雅粉臉飛紅，坐直了嬌軀，咬着牙，那模樣引人極了。車子在路上飛馳，好一會她才道：「到你家還是來我處？」

左詩雅的兩層樓房在南郊一個清幽的小鎮，林木扶疏。一路上我們一句話也沒有説，只是留心聆聽着對方興奮的心跳聲。

我忽地發覺從來沒有這麼想和一個女人做愛。

車子停下，左詩雅輕吐出「到了」兩個字。

鑰匙插進鎖孔裏，傳來「的」一聲，門打了開來。左詩雅道：「大偵探！請！」

我當仁不讓。剛踏上大門前的台階，一陣暈眩掠過我的神經，我踉蹌兩步，「砰」一聲，才發覺自己撞在門旁的牆上。

「啊！」左詩雅的驚叫聲令我清醒過來。

長期的訓練使我立時想到甚麼事正在發生。

我掙扎着往大門走去。才兩步又是一陣天旋地轉，支持不住，跪倒地上。

我感到邪惡的力量在侵進我的腦部，控制我的神經。

那兇手出現了。

他正用使人昏迷過去的手法對付我。可恨我卻不知他怎能做到。我一定要掙扎。

這個反抗的念頭才掠過，一股無可抗拒的疲倦從我的神經中樞擴散開來，蔓延到全身，我此時只想就此長眠不起。

我躺了下來。臉頰接觸到清涼的地面，頭腦立刻清醒。我一向都相信自己有鋼鐵般的意志。一咬舌尖，劇痛使我全身一震，腦子恢復了大半，手一撐爬了起來。想站起身，又是一陣強烈的暈眩，我不敢再嘗試，惟有死命往屋內爬去。

廳內傳來野獸般的喘息聲和左詩雅的嬌吟。我心中一震，拔出手槍，死命對抗着控制我神經的力量，一寸一寸往裏爬。

入目的是令我畢生難忘的可怖景象。

一個全身赤裸的男子，背對着我，站在兩腿張開躺在地毯上赤裸的左詩雅身前。他的背脊上有一個血紅的印，就像將一條似鱷非鱷的圖形紋在背脊上。不過，我卻清楚那是一種有生命的異物。

「轟！」

槍彈射中他的左肩，將男子帶得整個人向前仆去，我再也受不住那暈眩，昏倒過去。

到我醒來時，已是次日的下午。

我爬了起來，左詩雅依然昏倒地上，臉上帶着甜甜的笑容。我驚恐中發覺她高聳的胸脯仍有節奏地起伏着。

地上的鮮血變成了焦黑，使我知道昨夜並非一個噩夢。

我將她抱到床上，蓋好被，才驅車直往演奏場。

我直進後台，來到化妝間前給馮禮攔住。

他冷冷道：「你想幹甚麼？」

我淡淡道：「要證實一件事。」

他臉色一變道：「你再不滾我就叫警衛趕你走。」

小森柔和的聲音從裏面傳來道：「馮禮！你還想給我瞞到幾時？讓隊長進來吧。」

馮禮惶急嚷道：「小森！你是人類最珍貴的寶藏，我一定要保護你，沒有任何人能傷害你。」

小森出現門前，手上依然拿着那杯子，杯內碧綠晶瑩的液體，分外令人感到詭異，他那如夢如幻的眼凝視着我。

我不由茫然，見他的臉色出奇的蒼白。那是大量失血後的臉色。

小森道：「隨我來吧！」

他的話有着無窮的魔力，使我不由自主隨着他的腳步走去。忽然間我驚醒過來，原來已走進前台的垂幕前。

我喝道：「你要到哪裏去？」

小森眼中透出令人心碎的憂鬱道：「外面有十多萬人正等待着我的音樂，你說我要到哪裏去？」

我道：「我射中的是否就是你？」

小森平靜地道：「就是我。你也看到了它。它就是我，我就是它。」

我拔出了手槍。

小森看也不看手槍一眼，望着跟在我們背後的馮禮道：「五年前我在南美的亞馬遜河區旅行，失足跌下水裏，竟給一種奇異的生物附在背脊上，我發了十多日高燒，才發覺那異物竟和我結成了一體。」

我只覺頭皮發麻，顫聲道：「它就在你背脊上？」

小森點頭道：「你明白了？不是我在演奏，而是它！音樂由它流到我腦內，傳到手上，再倒流回它那裏，它再把音樂傳到你們那裏，令你們有最美妙的享受。」

馮禮道：「只有在酷熱的天氣裏，它這種異能才能發揮盡致。遺憾的是，這能寄生人體的異物，同時具有靈性和狂暴的兩個極端。每次演奏都激發起它最原始的慾望，帶來了令人心碎的後果。」

我喘着氣道：「這是甚麼生物，竟能控制人的神經？不過，對不起，我要拘捕你。」

馮禮激動地一把抓着我的肩頭，狂叫道：「不！小森和它已不能分開，就像心臟和血，沒有了小森，就沒有了真正的音樂。」

我情緒激盪。小森和它合奏出的音樂，的確是人類夢寐以求的境界。

我應否放過他們？應否為美夢放棄原則？

小森淒然一笑道：「對不起！音樂會時間到了。」他拿着酒直往前走去，步履踉蹌。

我手一軟，槍掉在地上。

瘋狂的掌聲和歡呼聲響徹天地，忽然間又沉寂下去。

「叮咚！」

音符一個接一個跳動着，一幅一幅的圖畫在我四周閃現。我感受到心靈深處那無盡無窮的天地。小森和它把我引領到這與我血肉相連卻又從未踏足的異域裏。痛苦、迷惘、悲哀、熱愛、狂歡，如洪水般沖過大地。

小森和它努力地彈奏着，音樂由它流往他，再由他流往它，再流往四周與他哭笑與共的聽眾們的心靈。

在快樂和悲哀的極峰裏，小森拿起早先放在一旁的杯子，將杯裏碧綠晶瑩的液體一乾而盡。

他終於喝了那杯封喉的毒酒。

幽靈船

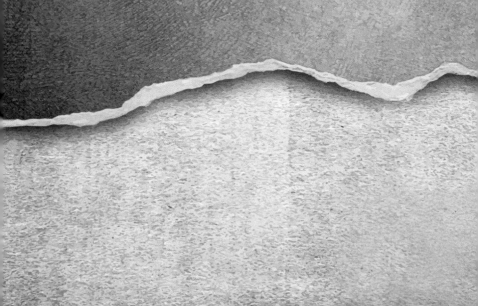

百慕達群島在後方變成了幾個微不足道的小點。看看導航儀，我設備先進的「復仇者號」快速艦，現在的位置是北緯三十二度，西經六十七度二十八秒。

還有四小時的海程，我便可以進入航海者聞名色變的魔鬼之心。那就是百慕達魔鬼大三角的核心處，船機神秘失蹤的凶地。

就是在那裏，我失去了摯愛的妻子嘉寶和小女兒莎美。

傳訊機的燈號不斷閃亮。

他們終於找上了我。

我嘆了一口氣，打開了通訊儀。

「科羅拉多海軍控制中心呼喚復仇者號，請立即回話。」

我說道：「說吧。」

那邊傳來一陣混亂的聲音，跟着是白堅少將焦急的聲音道：「鄧加上校，你弄甚麼鬼？身為指揮官，卻將艦上的三十六名同僚全部迷倒，駛走快艦！這是叛國的行為！」

我應道：「對不起。」

白堅少將咆哮道：「對不起有屁用！在鑄成大錯前，將艦駛回來！」

我淡淡道：「我還未鑄成大錯嗎？」

少將尚要說話時，已給我關掉了通訊。

駕駛艙一片寂靜，只有導航儀上的電子儀器板不斷閃亮。一切操作正常。雷達屏上顯示了我只是孤獨一人在這海域裏。

我步出甲板。太陽像船一樣在西方下沉，發出萬道霞光。

我知道軍方會出動所有海空力量來搜尋我，將我押上軍事法庭。可是，我卻一點驚懼也沒有。因為我的心早在三年前死去，在那次令我失去了妻女的神秘海難死去。

我忽地全身大震，愕然抬頭，只見東南偏南處的空際出現了三個黑點。

這三個黑點逐漸擴大。

是先進的F16戰機。他們竟來得這麼快？

我跳了起來，連跑帶滾，搶進駕駛塔裏。

我知道很難對抗這三架擁有空對海導彈的先進戰機，但卻不是全無機會。復仇者號配備的戰斧飛彈，射程可達三百里，是被公認為最具實效的飛彈。

然而，我不想傷害任何人。我要對付的是殺害我妻女的幽靈船，而不是我的國家。我只是想顯示我的決心，希望他們知難而退。

傳訊儀的紅燈不斷閃亮，表示戰機上的軍士渴望與我對話。

我一咬牙，開動了導彈搜尋目標的儀器。

雷達屏顯示戰機正在艦頂的上空盤旋。

我的手指伸往發射飛彈的按鈕，只要輕輕一按，便是永世不得翻身的叛國行為。

我的腦海浮現出三年前的一個情景。

那是風和日麗的早上，我舒適地躺在遊艇的甲板上，妻子嘉寶手中捧着一本書，坐在我身旁。十四歲的女兒正在駕駛艙內興奮地駕駛着。她的歌聲傳來，唱的是《昨日！再來一次吧》。

嘉寶溫柔地撫摸我的臉，輕聲道：「占士，我們難道不可以繞道往巴哈馬群島嗎？」

我哈哈地笑起來道：「你也相信那甚麼魔鬼大三角嗎？我的假期只有十四天，若是繞道，最少要多花三天時間。」

嘉寶默然不語。

是我害死了她們。假設我聽了她的話，生命將不是現在那樣了。

我按下了發射鈕。

「轟！」飛彈射出。我並不期待會射中目標，這只是警告性質。

「嘟！嘟！」緊急信號響起。天！他們竟然向我發射導彈。

我將船速增高，發動了干擾導彈的電子系統，同時向左急轉。至於能否避過，只有聽天由命了。

假設艦上人員齊備，可能還有一拼之力，可惜現在只有我孤零零一個。

警報響起。

「轟！」

整艘艦向左傾去，燈光熄滅。

我整個人給拋往一側，頭撞在窗門上，立時滿天星斗。

快速艦盪了幾盪後，回復平衡。後備燈光亮起，我掙扎着爬起來。電腦顯示船尾排水系統受到破損，幸好並非嚴重。

「砰轟砰轟！」

指揮駕駛塔的窗全部碎裂。幸好我及時伏下。這次是戰機低飛掃射，用的是機槍。假設是大口徑的加農炮，駕駛艙便很難保持現在的完整了。

他們在逼我投降。

我似乎再沒有別的選擇了。當初我應該偷艘潛水艇，現在逃走的機會就會大得多。

這盜艦的大膽計劃，我預備了三年。只有這種設備，才能與幽靈船硬拼。

我扭開了對話器，叫道：「停止！」

傳訊器傳來沙沙的聲音。在我以為它損壞了的時候，白堅少將的聲音平靜地道：「滋味怎樣？你這恩將仇報的傢伙！當日若不是我支持你，光是你整天說甚麼幽靈船撞沉了你遊艇的荒謬話，已足夠把你趕出海軍了。」

我叫道：「叫你的瘋狂機師滾開。」

白堅少將道：「那個瘋狂機師就是我，我在你的頭頂上，現在給你五分鐘時間把艦停下，讓直升機降落。」

我心中一怔。白堅畢竟老謀深算，先騙我他遠在科羅拉多，一上來便雷霆萬鈞，教我難以招架。

雷達幕上顯示除了頭頂的戰機外，還有五架直升機由北方飛來。

我已一敗塗地，還手無力，也不想還手。只有死才能使我避過被押上軍事法庭的恥辱。望了望自動導航系統，現在離開我三年前遇上幽靈船的地點，只有五海里。

我向對話器道：「好！少將，叫你的戰機不要再浪費國家的彈藥了。」

白堅沉默半晌，才道：「立即停航。」

我關掉了機器，速度計的時針緩緩轉往〇的一方。

直升機聲從遠方傳來，逐漸接近。

我向對話器道：「我甚麼也沒有了，連復仇一拼的機會也失去。」

白堅叫道：「喂！上校……」

話音中斷，因為我已關掉了通訊儀。

望往駕駛塔外，黑夜降臨到這神秘的海域。天上繁星點點。

我拔出佩槍，指着眉心處，直升機上的人員來到時，只能找到我的屍體。

別了，這世界。這時腦海裏忽地強烈顯出幽靈船的形象。我待要扳掣，艦身驀地劇烈震動起來。我站立不穩，一個踉蹌向後倒跌。手槍掉到地上。

我駭得張大了口，卻叫不出任何聲音。

一切就像三年前那天一樣，我和嘉寶及莎美駕着的遊艇，忽地震動起來，跟着甚麼都不同了。所有儀器失靈，海域佈滿濃霧，跟着撞上了幽靈船。

我掙扎着爬了起來。

「砰！」

我撞開了艙門，一腳踏空，從樓梯滾落甲板。

沒有戰機，沒有直升機。

適才嵌滿天上的星辰消失得了無痕跡，就像它們從未存在過。只有濃霧。

幽靈船出現前的濃霧。

眼前再不是我熟悉的海洋。

濃霧籠罩下的天地一片死寂。快速艦像無主孤魂般飄蕩着。我看不到海面，只能感覺到它的波動。

難道我到了第二個空間去了？否則白堅等人哪裏去了？

我疲軟地坐在甲板上，腦海一片空白。這三年來，我每天都想着回來找那天殺的幽靈船。可是，我現在卻發覺自己是那樣無能為力。

時間不斷溜走。似乎永遠不會離開的黑夜被日光代替，霧也稀薄了很多。但天上卻是烏雲密佈，四周白茫茫一片。

我站了起來，剛想走入駕駛艙，忽地大駭轉身，撲往艦旁的欄杆，不能置信地望着海面。

一個救生筏向着我漂過來，若現若隱。

救生筏上躺着一名赤裸的女子，一名非常美麗的女子。

救上來後，她在我的床上昏迷着，身體不見任何傷痕，皮膚完美得不見絲毫瑕疵，一點也不像海上遇險的人。

安置好她後，我回到駕駛塔裏，發動機器。快速艦以普通巡邏速度航行。所有指示去向的儀器均已失靈，傳訊器也失去效用。我只能使艦艇直線前行。

茫茫水域，永無盡極。

我抽空去看了她幾次。直到天色轉黑，她仍是那樣昏迷着。照外貌看，她在二十一、二歲間，可能是法國人，俏麗無倫，有點眼熟，不過我想不起在哪裏見過她。

「先生！」

我霍地轉過頭去，只見她披着我的睡袍，一副修長的嬌軀，優美地出現在我背後。

我目瞪口呆，一時找不到話說。

她五官清楚分明，高隆起伏恰到好處，令我想起愛神精緻的俏臉；亡妻嘉寶已是出名的美人，比起眼前的她仍略遜半籌。

她微微一笑道：「不要問我是誰，好嗎？」

我撲上前去，一把抓住她纖弱的肩頭，心中扎實了一點，真的怕她會像輕煙般消去。我嗅到她清幽的體香，心中一陣溫暖。

她蹙了蹙兩道秀氣的眉毛，輕聲道：「回去吧！」

我全身一震，連退兩步道：「你說甚麼？」她是那麼實在，使我無法想起幽靈異物。

她緩步走到一個破碎了的窗前，望往窗外的夜霧，淡淡道：「三年前你已經離開了，為甚麼還要回來？」

我跳了起來，握拳狂哮：「你究竟是誰？為甚麼會在這裏？」

她頭也不回地道：「不要問，你是不會明白的。人類除了眼前的事物外，甚麼都不明白。」

我呆了一呆，另一個念頭湧上來，道：「我曾在甚麼地方見過你？」

她轉過身來，答非所問道：「人類最可悲的事，就是當有一日他們知道這裏的真相時，除了發狂外，惟有逃進盲目和無知的黑暗裏。」

我不解地道：「你是誰？你說甚麼？」一股莫名的恐懼在我心深處集結。

她向我走過來，到離我呎許的地方，才停下來道：「記着，這是地球上最奇異的地方，任何事都有可能發生，甚至時間和空間也會倒轉過來，意念決定了一切，只要你想回去，便可以回去，就如你想來，你便在這裏。」

念頭閃過，我叫起來道：「我知道在甚麼地方見過你了。」

她輕舒玉臂，纖手繞過我的肩頭，火熱的嬌軀緊迫着我，吐氣如蘭地道：「不要想無謂的事，好好地愛我吧。」

我愕然道：「你幹甚……」嘴唇已給她豐潤溫濕的紅唇封着。這謎一般的女人，有種驚人的魅力，挑起了我古井不波的熱情。自從嘉寶死後，三年來每天我都想着復仇，從沒有接觸過女人。

當兩片唇分開時，我喘息道：「你是誰？為甚麼要這樣做……你是人還是鬼？」

她閃了閃明亮的大眼道：「要向你解釋我是甚麼，就像要向隻只生存在夏天的蟲解釋甚麼是冰，或向人解釋七色之外第八色是甚麼那樣困難。不過我可以告訴你，我是受到你愛的感召，才到這裏。」

她豐滿的嬌軀不斷摩擦着我，引起了我最原始的衝動。保護的堤防崩潰下來，我們在駕駛室的地板上瘋狂地做愛。天地間只有我和她，其他的一切似乎均已不存在。

我們並排躺着。

她柔聲道：「終於嘗到這美妙的滋味。」

我忍不住再問：「你究竟是甚麼？」

她撐起半身，柔美的乳房驕傲地挺起，凝視着我道：「我有一個夢想，一直未能完成，直到這一刻，我可以放心去了。」

我愕然坐起。

她將我推得躺回去，玉手來回撫着我的臉，說道：「我好比天上一片浮雲，被你發出強烈愛的信息吸引，飄到這裏來。記着，這是世上最奇異的地方，時間和空間都被扭曲了。在這裏，人的夢想破碎，但又能使夢想重生。切記，意念決定一切。」

她的話像有催眠作用，加上連日的緊張和疲累，我沉沉睡了過去。到我醒來時，她已不在身旁。

我爬了起來，叫道：「喂！你在哪裏？」

我四處找尋，直到我肯定只有我一個人在船上時，才頹然回到臥室裏。打開櫃子，睡袍一如往昔掛着，用鼻子嗅一嗅，一點她身體的餘香也沒有。

就像剛才的一切只是一個夢。

我在床緣坐下，手肘一碰，將放在床頭几的一大疊有關百慕達魔鬼大三角的書全撞跌在地上。

這些書是這三年來日夕陪伴我的讀物，講述着這奇異海域內發生的怪事。在這每邊約長兩千公里的凶地裏，數之不盡的船隻消失得無影無蹤。例如一九四五年十二月五日，五架美國戰機便在這裏突然失蹤，連事後往搜索的巨型馬丁式搜索機和機上的十三名人員也同告失蹤。在一九六三和六八兩年，兩艘威力強大的核潛艇也失蹤了，沒有人能作任何解釋。而我現正在這裏，第二次在這裏。

我心中一動，在書本堆中迅快地找尋起來，拿起了一本《惡運海——神秘三角》的書。

我不斷翻尋，逐頁看，最後停在第七十八頁處。那裏刊登着一張黑白相片，我駭然大震，差點將書掉在地上，頭皮發麻，不能思想。相片中的女子，正是和我有合體之緣的她。

旁邊有段文字這樣寫道：「維珍妮亞，在大三角失蹤時只有二十歲，當時是一九三五年八月中，她正乘搭『拉·達哈瑪號』往美國與未婚夫舉行婚禮。該船後來被發現，船上已空無一人。而據意大利『萊克斯克號』船長所說，他曾在八月目睹該船沉進海底。」

她在六十多年前已死了，我見到的只是一個幽靈。

艦身忽地劇烈搖擺起來。

我撲出艙面，一個巨浪打來，差點把我沖入海裏。大海翻騰怒吼，風雨交加。

暗光裏，遠處的海面驀地現出一艘巨大的中世紀古代五桅大帆船，向我衝來。

幽靈船！

它終於再次出現，就像三年前那天一樣。

艦身左傾右側，我逆着風雨和打上來的浪花，步履踉蹌地爬上艦頭的一座炮塔裏。

五桅大船迅速擴大，像一座崇山向我直壓過來。我心中狂叫道：「過來吧，你這殺害我妻女的兇手！」

古木船燈火全無，在紅外線瞄準器的熒光色裏，船面空無一人，一點生氣也沒有。

它進入至兩千碼內。

我高喊道：「去死吧！」

大口徑的機關炮冒起強烈的火光，槍彈雨點般呼嘯着向幽靈船射去，在暗黑的風雨中畫出千萬道刺目的光芒。

最奇異的事發生了，幽靈船幻影般消失眼前，所有機槍彈全部落空，只是激起海面無數浪柱。

四周風雨交加，視野模糊，令人不知是晝是夜。

我要回到駕駛塔以雷達去追蹤它。這個意念才起，我已連滾帶跑爬下炮塔，才踏足甲板，我忍不住驚叫起來。

幽靈船在左舷兩百多碼處出現，正以高速衝過來。

我想搶入駕駛室裏，一個巨浪迎面撞來，登時站立不穩，倒跌向後。

「轟！」

幽靈船硬撞上來。

我整個人給拋在空中，也不知翻滾了多遠，落下來時已到了海裏，就像三年前一樣。只不過那次我漂流了三小時後，很幸運地給一艘巴拿馬貨船救起。

奇異的風聲在前方響起。我駭然直望，幽靈船向着我駛過來。

我拚命往一旁游開去。

幽靈船像大海怪般駛過來，不知是否我的錯覺，我感到它的速度在不斷減慢。我扭頭四顧，快速艦已無蹤無影，大三角的失蹤船名單再添一項。

幽靈船令人不能置信地在百多碼外停下來。風浪平靜了不少，狂風暴雨變成了漫天飄舞的雨粉。陰暗的天空中，一道道暗藍的光紋橫劃而過。光影投射到波紋蕩漾的海面，投射到鬼物般的幽靈船上。

我把心一橫，向着幽靈船游過去。我已沒有甚麼可以損失了，包括了生命。

來到黑沉沉的幽靈船身旁，頹然而止，怎能爬上去？

我沿着船身游弋，忽地歡叫起來。

一道長索垂了下來，抓着索端，就像被溺的人抓緊了浮泡。

爬上船面，我倒吸了一口涼氣，加上力盡筋疲，不由自主地跪了下來，呆視着眼前的一切。

它比我想像中還龐大，五桅巨帆高插入雲，寬闊廣大的艙面是一條又一條的巨大木板造成，杳無一人。

我喘息了半晌，往船尾的艙門走去。

艙門大開。暗弱的天光下，一道木樓梯斜斜向下，活似通往幽冥的捷徑。

幽靈船定在海中，一動不動。

我猶豫了片刻，往下踏去。樓梯發出「嘎嘎」的尖叫聲。我不斷往下走，梯階不斷彎轉，走完一道又一道的長階，我估計最少下降了三百多碼時，終於來到了盡頭。盡頭是一個五尺見方的大圓蓋。

我深吸了一口氣，抓着圓蓋中央的把手，用力一提。

「呀！」我的尖叫響徹窄小的空間。在圓蓋裏，我看到了最不能想像的事物。

我看到了另一個宇宙。

圓蓋裏是廣闊無盡的漆黑空間，星光點點，有美麗的星雲、星團、星河，甚至晝過虛空的流星。

還未來得及驚異，一道強光從這通往另一宇宙的小洞射了出來，把我籠罩其中。我整個被吸了進去，在那奇異的空間以光速衝刺，肉體已不再存在，只剩下純意識的存在。

維珍妮亞說的話在我意識中響起：「意念決定一切，只要你想回去，便可以回去。」

一種明悟在我心中響起，這奇異的海域正是不同宇宙的交觸點，任何不可思議的事也可以發生。

我心中狂叫：「我要回去！」

我想起三年前那天在遊艇上的情景。

「轟！」

空間強裂爆炸開來，我的意識煙消雲散。

忽然知覺又回到身上，我感到自己肉體的存在，躺在甲板上，海風徐徐吹來。

猛地睜眼，嘉寶柔順地坐在我身旁看書。

我驚異的彈了起來，難道剛才的一切，只是一個真實的夢？可是我卻記得三年中的每分每秒。又或是當我意念定在這個時空時，時空發生扭曲，使我回到三年前這一天？我撫摸嘉寶的背部，觸及到的肌膚柔軟真實。

嘉寶回頭微笑道：「你醒來了，占士，不如我們繞道往巴哈馬，我怕了大三角。」

我毫不猶豫地道：「一切如你所言。」

嘉寶輕吻我的面頰，感激地道：「你真好，我還怕你為了省時，不肯繞道。」她把書湊到我眼前道：「你看，這女子的遭遇多可怕。」

我一看之下幾乎叫起來，維珍妮亞的黑白相片展現眼前，正是那本書的第七十八頁。

女兒莎美的歌聲從駕駛室那邊飄送過來，唱的是《昨日！再來一次吧》！

蝶夢

四輛軍車「嘎」「嘎」聲中停了下來。

軍曹沙南大聲喝道：「下車！」

封翎推開司機位對面的車門，靈巧地躍出車外。熱風撲面而來，最要命的是風中捲起沙漠的沙粒夾雜其中，打得皮膚發痛。

軍士迅速將物資從兩輛軍車卸下來。封翎環目四顧，見到孤零零幾間白色的法式石屋，一些臨時搭起的帳幕，西面是一望無盡的沙海，那就是令人望而生畏的撒哈拉大沙漠。

「封翎少將！」

封翎向發言者望去。一個身材矮壯強橫、皮膚黝黑的穿軍服漢子，筆直地站在他面前，神情透着一種自信和堅毅，兩眼像閃燈一樣有神。

封翎道：「你是誰？」

那人簡潔地道：「馬兵尼少尉，你們這次的嚮導。駱駝已預備好，共有一百零二匹，四十四載貨，其餘載人。」

封翎回頭後望，看到他的手下正不斷把裝着物資的麻袋、馱鞍、水袋、武器以及進入沙漠的一切必需品迅速卸下，已弄得差不多了。封翎心中暗感驕傲，他們雖然只有四十八人，卻是軍中最精鋭的突擊部隊，而且曾受過嚴酷的沙漠行軍鍛煉，沒有人比他們更適合這次任務了。

軍曹沙南走了過來。

封翎道：「軍曹，這位馬兵尼少尉是阿爾及利亞政府特派給我們的嚮導，你和他安排一下，希望黃昏時能起程。」

沙南和馬兵尼兩人徑自去了。

為了怕一時不適應沙漠的酷熱，封翎決定了今日在太陽下山後才趕路。

「軋！軋！軋！」異響從頭上傳來。

封翎愕然抬頭，一架直升機由南面飛來，轉眼間飛臨上空，所有隊員都停下了手腳，靜待事態的發展。

直升機緩緩降到離軍車四百多碼外的地方。旋葉打起滿天塵土，經風一吹，向着他們捲來。封翎咒罵一聲，往直升機走過去。

兩男一女從打開了的機門跳下來。他們穿着便服，提着簡單的行囊，弓着身往封翎迎來。

封翎以專業的眼光審視奔來的兩男一女。

領前的是位瘦高但強健的男子，高聳的顴骨，勾彎的鼻樑，銳利如鷹的眼神，是那類精明厲害又冷酷無情的典型，年紀在四十六、七之間。

緊跟在他身後的四十多歲男子，唇上蓄了一撮鬍子，身材有點發胖，顯然過慣了舒適安逸的日子。

走在最後的女子，連封翎也忍不住想吹口哨。一頭金色的秀髮束起，使俏臉更是輪廓分明，眼睛長而嫵媚，非常秀氣，一看便知是受過高等教育的女性。她身材纖長均勻，予人一種輕盈瀟灑的優美感覺。

三人來到封翎身前站定。

瘦高男子伸出手來道：「封翎少將，我是情報局的白理傑中將。」

封翎冷冷望着白理傑伸出來的手，卻沒有絲毫與他相握的意思，冷冷道：「中將，我不明白你們為甚麼到這裏來。」

白理傑臉上掠過一絲怒色，他的軍階比封翎還高一級，尷尬地把手縮回。

留鬚的男子插入道：「我是太空總署的韋信博士。」跟着望向那美女道：「這是我的助手艾玲娜博士，我們這次是要隨隊伍到撒哈拉去。」

封翎臉色一沉道：「對不起，我並不準備帶任何人去，也從未收到這樣的命令。」

白理傑從容一笑道：「你現在便收到啦。」將一個火漆密封的信封遞給封翎。

封翎只見對方眼中透出一種嘲弄，像在為他即將屈服而發笑。

封翎悶哼一聲，接過信封拆開，抽出函件閱讀。

白理傑平靜地道：「假設你不相信的話，可以立即和貴部上司聯絡。」

封翎腦筋飛快地轉動。

這封信有國防部長的簽名和蓋章，又有軍部的絕密暗碼，是百分之百的真貨。

但為甚麼不預早通知他？

這次的任務是在沙漠搜尋一架失事軍機，光是他和隊員便勝任有餘，為何節外生枝，硬要加進情報局和太空總署的人？其中必有蹊蹺。

封翎左手舉起信封信紙，右手掏出打火機，啪一聲燃起信紙一角。信封信紙轉眼變成一團火燄，直到火燄燒到手指，封翎才鬆手。信紙已化成灰，隨風飄舞。

封翎淡淡道：「我不知道你們跟來的作用在哪裏，不過那絕不是好玩的一回事，希望你們能受得住沙漠的酷熱，祝你好運。」

那美女艾玲娜秀眉一揚道：「少將！不要以為只有你一個人到過沙

漠，我曾在戈壁做過三年的地質研究，我……」

封翎不耐煩地打斷她道：「小姐，舌頭是不會走路的，多用點你的腳吧。」轉身大步去了。

留下氣得粉臉通紅的艾玲娜在那裏。

白理傑道：「不要動氣，他就是這樣一個人。不過，他是沙漠裏最好的，沒有人能比他更勝任去接受這項可能是人類歷史上最重要的使命。」

五天後，隊伍穿越過伊吉迪沙漠，進入有食人沙海之稱的謝什沙漠。

納特少校策着駱駝趕上來，和封翎並排前進，說道：「少將，有件事我不明白。」

封翎皺眉道：「你知道軍人的職責是甚麼嗎？」

納特苦笑道：「是執行命令，執行那些坐在冷氣室看着電腦分析的人發出的命令。」

封翎笑起來。納特和沙南都是他出生入死的好手下，沒有甚麼是不可以說的。

納特回頭望向隊尾道：「我們的客人頗吃不消。」

封翎悶哼一聲。這五天來他和他們說的話加起來也沒有十句。不過，他知道隊員把他們照顧得妥妥當當，尤其是艾玲娜如此美麗，自然不乏大獻殷勤的護花者。

納特轉回正題道：「這次的目的地是塔湼茲魯弗特高原的塔哈特山，其實最佳的方法莫如用運輸機直接將我們運到那裏去，為何要長途跋涉，如此千辛萬苦地穿過這食人沙海？而且沿途還會撞上兇悍的圖雷阿族人。」

封翎道：「我也曾經向上頭反映過，不過他們說這是國防部的命令，不能反問的命令。」

納特猶豫了半晌道：「會不會找的並不是一架失事的軍機，而是太空掉下來的間諜衛星一類的東西？」

封翎道：「天曉得！」

這時在最前面領路的阿爾及利亞政府派來的嚮導馬兵尼少尉，策着駱駝奔了回來，直衝到封翎身邊道：「少將！有麻煩了。」

封翎立即發出停止的命令。蜿蜒若長蛇的隊伍停了下來。不過在茫茫沙海裏，他們只像一條無足輕重的小蟲。

馬兵尼臉色有點蒼白道：「你隨我來。」

封翎和納特兩人策駱駝而上，直奔到隊伍的前頭，沙南軍曹已在那裏叫道：「少將，你看。」

只見延伸至無限的沙海邊緣，有一列黑黝黝的東西，橫亘在那裏。

納特叫道：「那是塔湼茲魯弗特高原。」

封翎奇道：「麻煩在哪裏?」他極目四顧，除了沙漠那單調得令人發狂的景色之外，甚麼也沒有。

馬兵尼道：「你看。」

封翎和納特順着他的手指望地上，在波浪般起伏的沙面上，看到了一堆佈置得奇怪的石陣。看它們只被沙掩蓋了一半，可知這批石擱置在這裏絕對不到三個小時。石頭圍成了一個大圓形，圓形中心的石頭堆成一個箭鏃，直指往高原的方向。

馬兵尼道：「你看！箭端那塊石頭像是染了血。」

封翎留心一看，那石頭面上黏滿黑紅的液體，看來的確是風乾了的血跡，駭然道：「這是甚麼意思？」

馬兵尼臉上閃過恐懼的神色，道：「這是圖雷阿巫師親手佈下的『血祭』，表示凡往箭鏃所指方向去的人，都會受到血的洗禮。」

軍曹沙南性烈如火，聞言勃然色變道：「圖雷阿人算甚麼，讓我將他們轟回老家去。」

馬兵尼臉上泛起不高興的神色道：「他們不算甚麼，不過他們隨時可聚集數千持着武器的勇悍戰士，為他們的理想流盡每一滴血。」

封翎大感頭痛，圖雷阿人固然難以應付，更重要的是他不想殺戮這些累世居住在沙漠的民族。他勇敢，卻絕不殘暴。

納特道：「沙漠又不是他們的，憑甚麼這樣？」

馬兵尼道：「他們也沒有認為沙漠是他們的，沙漠是屬於真神的，他們只是神的僕人，當神號召時，他們會為神獻上性命。血祭是圖雷阿族人最高的奉獻，對神的奉獻。」

一個冷冷的聲音插入道：「無論是甚麼，我們都要繼續前進。」原來白理傑趕了上來。

馬兵尼臉色一寒道：「我不去了。」

封翎默然不語。沒有了熟悉沙漠的馬兵尼，此行將加倍凶險。不過，他並不恐懼，恐懼情緒並不存在於他的思域裏。

韋信和艾玲娜在白理傑兩旁出現。韋信臉上明顯露出倦容，可是兩眼卻透出熱切的神色，真不知是甚麼力量在支持着他。

艾玲娜瘦了少許，使她更是秀麗。當封翎眼光掃到她臉上時，她不屑地別過臉去，表示她對封翎那天的不客氣仍耿耿於懷。

白理傑一對鷹眼深刻地瞪着馬兵尼，道：「你害怕嗎？膽小鬼！」

馬兵尼神色一變，右手已搭往腰間的佩槍。

「咔嚓！咔嚓！」

隨即精銳的突擊隊員閃電般亮出自動武器，瞄準馬兵尼，顯示出過人的反應。只要馬兵尼拔搶出來，肯定會變成蜂巢般的屍體。

封翎插話道：「冷靜點，都是自己人。」

馬兵尼收起伸往腰間的手，森森地道：「你可以殺死我，卻不可以叫我做懦夫。」

封翎道：「原諒他吧！他和我們是兩個世界的人。」他不顧白理傑氣紅了臉，續道：「馬兵尼，我們需要你。」

馬兵尼道：「除非真神親下旨意，否則我絕不再往前走一步。」

白理傑冷笑道：「那去死吧！」沒有人想到他會行動時，已見他手一揚，握着的一把大口徑手槍指向馬兵尼。

「轟！」

手槍凌空飛起，遠遠拋落地面，遠近的駱駝一起嘶叫起來，白理傑撫着震得發麻的手，怒目望向封翎。後者正吹着手槍槍嘴冒出的煙屑。多驚人準確的槍法！馬兵尼感激地望向封翎。

「啊！」隊員中有人驚叫起來。

眾人無暇顧及白理傑意圖殺死馬兵尼的事，順着那驚叫隊員的手指望去，立時大驚失色。

東方暗黑下來，狂風沙暴雨般向着他們捲來。經過五天平靜單調的旅程後，終於遇上沙漠狂暴的一面。

封翎喝令道：「原地伏下！」

跟着是駱駝的嘶叫和軍士的喊聲亂成一片。駱駝被捆了起來聚到一塊。馱鞍和貨物都被卸了下來，以免吹掉。

風勢越來越猛，沙雜在風裏迎面打來，每一寸空間都佈滿了狂飛亂舞的沙粒，三尺外便看不到任何東西，看到的只是沙。

沒有人能站立起來，誰一直起身，狂風便像吹一根草般把人颳進沙裏。

四周的沙丘不斷加高，很快連人帶駱駝已有一小半埋進沙裏去。

在風聲裏，忽然傳來一聲女性的尖叫。

封翎怒吼一聲，放開了緊抓着駱駝的手，往聲響處追去。

在他身旁的馬兵尼叫道：「不要，你會死的。」

封翎消失在沙海的浪流裏。

在風沙裏，沙粒封住封翎的眼睛，吹進喉嚨和鼻孔，他跌倒又爬起來，弓着身往前摸索。在這樣的環境裏尋一個人，就像在海中撈一枝針。幸好這枝「針」會叫，在他快要絕望時，左邊四五碼處傳來一聲短促的尖叫。

封翎心中一喜，往聲響的方向撲過去，一手撈着個胴體。此時恰好一陣狂風捲來，兩人像稻草人般吹得東歪西倒，連跑帶滾，掉在沙地上。

封翎用力摟緊艾玲娜的蠻腰。艾玲娜豐滿的玉體亦死命貼了上來，雙手摟着他的脖子，想不到這充滿敵意的一對男女，竟然有這麼親熱的一刻。

兩人蜷曲着身體趴在地上，因增加了重量，不虞被吹走。可是，沙土堆積，卻使他們面臨被埋入沙漠的危險。

封翎感到懷裏的美女在戰慄。大自然的威力確能令人感到無力抗拒，忽地想到一個奇怪念頭，假設現在吻她，她會不會拒絕？

沙粒狂飛亂舞，使她把俏臉深藏在他懷裏，很快他放棄了搜索她香唇的念頭，乘人之危不是他封翎的性格。

沙石愈積愈高，兩人開始不斷移動，以防被埋入沙裏。在這黃茫茫的世界，感覺上只剩下他們兩人。他們不敢交談，因為一開口沙就往口裏鑽。

兩人就像盲人一樣，無目的地摟着向前爬。狂怒的風沙在四周咆哮。不知過了多久，兩人筋疲力盡，風暴才過去了。

風逐漸平息，原本漫天飛舞的沙粒，一層層地慢慢撒下來，景物清晰起來。

封翎抬頭四望，見到遠方一團黑壓壓的東西，才醒悟到吹離了大隊有兩、三千碼之遙，不禁倒抽了一口涼氣。

「多謝你！」

封翎低頭望望給自己緊壓在下面的美女，那姿勢就像做愛一樣。沙粒沾滿了艾玲娜的頭髮和臉，使她平添了三分野性美。

封翎忍不住低頭輕吻離他不到三寸的櫻唇，艾玲娜嚶嚀一聲，眼睛半開半閉，熱烈反應起來。

封翎馬上有最原始的反應，艾玲娜自然感到，俏臉升起紅潮，美艷不可方物。

「少將！」

遠方傳來焦急的呼喚。

封翎嘆了一口氣，離開了艾玲娜動人的嬌軀，應道：「我在這裏！」

看看艾玲娜，她也爬了起來，紅着臉，幾乎把頭垂到胸口，不敢看他。

她粉頸背的肌膚細嫩粉紅，令人怦然心動，使封翎無法禁止自己幻想她身體其他部份吹彈得破的肌膚。

兩人回到大隊時，眾人都以崇敬的眼光望着封翎。

韋信博士激動地撲上來迎接艾玲娜，多謝封翎救回他的助手。在韋信臉上，封翎看到羞慚之色，因為艾玲娜在他身旁被風沙颳走時，他卻沒有去救她的勇氣。

封翎筆直走到馬兵尼面前道：「你會繼續做我們嚮導，是嗎？」

馬兵尼有點錯愕，不明白封翎為何如此說。

封翎笑道：「你看！」

眾人順着指示望去，只見滾滾黃沙，哪有甚麼其他的東西？

馬兵尼道：「甚麼也沒有。」

封翎淡淡道：「當然甚麼也沒有，真神已經將一切抹得乾乾淨淨，包括圖雷阿人的血祭在內，天意如此，你還有甚麼顧忌？」

馬兵尼呆了片刻，喉嚨間咕咕作響，驀地笑得前仰後合，好一會才能直起腰來，伸出手和封翎握着道：「我交了你這朋友，好！我去，雖然我知道生還回來的機會並不高。」

旁邊的沙南道：「封翎少將是軍隊裏最年輕的少將，最艱苦的任務都落到他肩上，你應對他有信心。」

馬兵尼怵然道：「圖雷阿的巫師是沙漠裏擁有不可思議神力的人，

他輕易不會佈下血祭來警告人，只有當神直接對他下指令。我怕的不是人力，而是超乎人力的東西。」

封翎道：「好了，今天不走了，原地紮營，大家檢查自己的武器，做好準備。」

當天黃昏時分，封翎將白理傑請到他的帳幕裏，開門見山地道：「好了，告訴我，這次的任務究竟是甚麼？」

白理傑銳利的鷹目上上下下打量着封翎，好一會才道：「你知道你是不應該問的。」

封翎雙目寒光電閃，沉聲道：「今天你為何要殺馬兵尼？」

白理傑道：「這也是一個不應問的問題。」

封翎淡淡道：「剛才我和巴克上將通了個電話，他告訴我到了塔哈特山後，指揮權便要交給你。」

白理傑面容古井不起波，一點也不給封翎看出他的內心世界。

封翎冷然道：「這次挑選四十八名精銳部隊的條件，是必須未婚的。是否因為這次任務有難測的凶險？假設是這樣，四十八條人命也不配知道為甚麼去送死嗎？」

白理傑以同樣冰冷的語調道：「這就是政治現實！為了遠大的目標，個人的生死榮辱只能放在次要的位置。」

白理傑不理封翎眼中的怒火，逕自起身離去。到了帳幕出口處，回過頭來道：「你不要試圖在艾玲娜處得到消息，最好不要和她交談，這是命令。」然後出帳去了。

封翎嚓一聲拔出佩槍，轉了兩個圈，又插回腰袋去。他很快壓下了憤怒，冷靜地思索眼前的一切。

最初司令部只通知他往塔哈特山附近搜尋一架在那裏緊急降落的隱形戰機，機上有絕密的軍事情報。但事態的發展，使他知道這只是一個幌子。白理傑等人的突然加入，以及白理傑想殺馬兵尼滅口，都顯示塔哈特山藏有不可告人的秘密。

現在更加上圖雷阿人。他們是否如馬兵尼所言，受到真神的指引，將塔涅茲魯弗特高原的最高峰塔哈特山劃為禁地，任何進入的人都變成他們的死敵？

「少將！圖雷阿人出現了。」

封翎跳了起來，搶出帳外。所有突擊隊員已枕戈待旦，虎視着西南方天地相接處。

在暗藍的天空中，一彎新月灑下的清光裏，一道黑線在緩緩蠕動着。

沙南跳到封翎身邊來道：「我以營地為中心點，築起了團團圍着的十六個重機槍陣地，足可以應付他們千人以上的猛攻。」

封翎笑道：「沙漠最不缺乏的是沙包……」

納特插入道：「我擔心的是旅途中他們游擊式的騷擾，在人數上我們太吃虧了。」

白理傑等也趕了出來，艾玲娜來到封翎身旁，親切地問道：「少將！我們可以幫上忙嗎？」

封翎淡淡道：「你最好先請示白理傑中將，他曾下過不准我和你交談的命令。」

白理傑臉色大變，以他這樣的城府也受不了這句話，寒聲道：「少將！你的敵人在那邊，不是在這裏。」

封翎一點情面也不留給他道：「對不起，我只知道最大的敵人是我們的良心。」

白理傑一張瘦臉忽紅忽白，卻知道不是發作的時候，氣氛非常僵硬。

艾玲娜道：「或者我要作一個聲明，就是我有和任何人自由交談的權利。少將，我曾受過緊急救護的訓練……」

納特為了緩和氣氛，道：「小姐，你助林達一臂之力吧，他是隊中的醫生。」

艾玲娜領命去了。

封翎頭也不回地道：「中將！你最好找個安全的地方縮進去，上戰場送死不是你的遠大目標吧。」

白理傑怒道：「夠了，少將，我的忍耐已到了極限。」

封翎回頭挑戰道：「怎樣？要殺我滅口嗎？」

「砰！」

一響槍聲，打破了沙漠的死寂，也解救了這裏一觸即發的僵局。

圖雷阿人開始進攻了。

估計實力達五百人的圖雷阿戰士，騎着駱駝向他們衝來。到了近兩千碼的地方，扇形散開，繞着他們團團轉。

封翎發下命令，要待敵人深入時才准開始射擊。

圖雷阿人很快完成包圍的形勢。他們不斷放着空槍，對他們進行挑釁。

突擊隊有豐富的作戰經驗，現在只是冷冷地注視事態的發展。

一向以來絕少作聲的韋信博士，爬到封翎身邊，擔心地道：「少將，真的非打不可嗎？可否告訴他們，我們只是進行一項科學探索，絕不會損害他們。」

封翎了解地道：「這裏除了白理傑外，沒有一個是想殺人的，只不過你不殺人便被殺，就是如此。」

「轟！」

圖雷阿人一聲吶喊，水銀瀉地般從四面八方攻來。

一時間沙漠上充斥着槍聲和煙屑味。

封翎以無線電指揮着隊員，組織着強大的反擊網。在優良的先進武器支援下，圖雷阿人潮水般一波一波攻來，卻被一波一波地擊潰。自動武器的轟鳴徹底破壞了沙漠的安詳。

「轟！」

一個榴彈擲進了營地，駱駝慘嘶，牠們的腳都給捆在一起，否則已四處逃竄。

封翎一輪掃射，將衝進來的幾名圖雷阿戰士掃得人仰駝翻，血肉飛濺。

戰鬥進行了二十分鐘便結束。圖雷阿人旋風般來，旋風般退卻，留下了至少上百條屍和四十多匹死傷的駱駝，慘不忍睹。

沙南將三個刻有姓名和軍號的圓牌遞給封翎，三名突擊隊員戰死沙場。

納特道：「傷了八人，其中兩人再不適合參與這次任務了。」

封翎沉吟半晌道：「給我接總部的巴克上將。」

這時艾玲娜走了過來道：「他們走了。」

納特心情沉重地答道：「這次他們只是試攻，以了解我們的實力，下次再來時，就不是那麼好相與了。」

傳訊兵叫道：「少將，接通了。」

封翎步進帳幕去，白理傑已搶先一步，和巴克上將對話。

封翎冷哼一聲，道：「上將，我要求總部派機來將我們接回去。我們沒有可能繼續前進了。」

上將在那邊沉聲道：「少將！對不起，基於不能説出的理由，國防部是不會批准任何飛機接近你所在的範圍，否則我早派機把你們直接送去，不用受圖雷阿人的攻擊了。」

白理傑在旁冷笑不語，好像早知道這個答案。

封翎知道爭辯無益，轉道：「那我要求立即撤退，在有進一步傷亡前撤退。」

巴克上將道：「不！國防部已有指令，現在是分秒必爭的時刻，我不管你用甚麼辦法，殺多少人，你必須以最快的速度把白理傑中將和太空總署的兩位專家送到塔哈特山，再護送他們回來。」

封翎道：「那架隱形戰機又是怎麼一回事？」

巴克窒一窒道：「你不是想我再說謊話吧！」

封翎怒吼道：「那究竟是他媽的怎麼一回事？我的三個孩子已為這不明不白的鬼任務死掉了！」

巴克沉默良久，才道：「繼續你的任務吧！少將，你可以用最少的人手把受傷的運回出發點。」

傳訊中斷。

封翎回頭，納特和沙南兩人沉着臉站在背後，用帶有敵意的眼光盯着白理傑——這個代表情報局的人。

封翎吩咐道：「讓兩個隊員和馬兵尼，護送受重傷的兩個回去。」

沙南抗議道：「沒有馬兵尼當嚮導，對我們大有影響。」

封翎斷言道：「受了傷的更需要他，記着訓練的第一課就是學習看指南針和地圖。」

兩天後，塔哈特山高聳的峰頂遙遙在望。封翎、四十一名突擊隊員、白理傑、韋信和艾玲娜，進入了高原地帶。

八十多匹駱駝分成四路，朝着高聳入雲的山峰緩緩行進。後面是連綿起伏的沙丘。腳下的黃沙由碎石代替，烏黑得發亮的楔形岩石沒有規律地從地上冒起。

萬里無雲的天上，炎陽像過去一樣無情地照耀着大地，似乎可以如此這般直至永恆的盡頭。

整隊人都心情沉重。

沙漠裏最可怕的除了酷熱外，還有那全無生命感、單調乏味的乾涸景象。

封翎在駝峰的顛簸裏，想到故鄉的河流、湖泊和盛放的鮮花，想到落在隊尾的美麗女博士艾玲娜，這兩天他們幾乎全無接觸的機會。

封翎心想，事了之後，自己會不會約她呢？封翎又暗罵自己，回到那個社會裏，兩人之間的環境有着明顯的隔離，自己只是一介軍夫粗人，而對方卻是有學術地位超然的淑女，當日沙上一吻，只可視作春夢一場而已。

「圖雷阿人！」有人叫道。

「轟！」

一團火燄在隊伍旁爆起，強烈的氣流把駱駝迫得跳起來。轉眼間所有駱駝都奔竄狂跳亂成一片。

忽然間，四面八方都是圖雷阿戰士。

封翎等的反應亦大出圖雷阿人之外。幾乎對方甫一現身，威力強大的重火力自動武器便瘋狂反攻，交織成漫天遍野的火力網，向蜂擁而來的圖雷阿戰士捲去。

一時間殺氣騰騰。

封翎通過無線電狂呼道：「沙南斷後，我們往南面山區衝去。」

他領先衝出，手中自動武器以每秒八發的速度發射。子彈流星般向衝來的圖雷阿戰士射殺。

在快要到達一道斜坡時，十多名圖雷阿人向下衝來。封翎殺紅了眼，子彈呼嘯而去。忽地座下駱駝向前一傾，把他整個人向前拋去。封翎臨危不亂，一個倒翻，落地時射出了另一排子彈。

敵人紛紛倒下。

一隻駱駝奔到身旁，艾玲娜的聲音叫道：「快上來！」一面伸手來拉封翎。

封翎正想躍上去，忽地反手一拉，把艾玲娜扯得整個跌了下來。封翎一把摟着，就地滾了開去。

「轟！」

一枝火箭炮正中艾玲娜的駱駝，炸得那駱駝碎片般濺飛開去。

封翎拉着艾玲娜連滾帶跑往山上奔去，手中輕機槍向每一個出現的敵人掃射。他身子不住彈跳，監視着每一個角度來的襲擊。

「不要給衝散，聚在一起往南面的山區來。」他聲嘶力竭地指揮着。

無線電對講機間中還有隊員和他保持聯絡，但半小時後變成沉默不語。封翎發覺只有自己和艾玲娜兩人在山區內蜿蜒的山道踽踽而行。

艾玲娜失足跌在地上，封翎想扶她起來，艾玲娜道：「我實在走不動了。」

封翎道：「走不動也要走。」

三小時後兩人靠着一塊大石坐了下來，喝着羊皮水袋的水。為了應付緊急情況，每人都隨身攜帶了十天的糧食和水。

封翎不斷通過無線電呼叫隊員，可是無線電只傳來「嘟——嘟——」的奇怪聲音。

艾玲娜道：「不要再試了，我們離塔哈特山太近了，一切電訊都失去效用。」

封翎心中一動，瞧着艾玲娜，正容道：「為甚麼會這樣？」

艾玲娜沉默了片刻，驀地仰起俏臉，眼中射出堅決的神色，道：「你吻我一下，我告訴你整件事的真相。」

封翎笑道：「沒有比這更便宜的事了。」一伸腰，已封着艾玲娜豐潤灼熱的紅唇。丁香暗吐，靈慾交融。

良久，兩人微微分開。

艾玲娜嬌喘絲絲，令封翎暫時忘記了凶險和不幸。

艾玲娜道：「知道嗎？由第一眼看到你那兇巴巴的不屈模樣，我便時常想你。」

封翎道：「不是恨我嗎？」

艾玲娜在他寬闊的胸膛輕輕捶了幾下，續道：「我也不喜歡白理傑，他太過功利主義了，完全罔顧他人的安危利益。」

封翎淡淡道：「這種人世上多的是……」

艾玲娜用手指封着他的唇禁止他說話，柔情萬種地道：「讓我先想想，應該怎麼告訴你。」

封翎心中一片溫暖，覺得儘管不能生離沙漠，但已擁有了如此美麗的剎那，足可使此生不負了。

半邊明月高掛天上，將山區參差不齊的大小石峰照得像奇形怪狀的生物。

艾玲娜道：「三個月前，太空總署的衛星收到一種非常奇怪的訊號電波。」

艾玲娜續道：「訊號電波的來源正是塔哈特山，最令我們感興趣的是這種波段，並不屬地球上的任何電波。事實上，只有最先進的設備才可以探測到這類波長極短的超電波。」

封翎道：「這的確很有趣，但也不值得我們冒險到這裏來。」

艾玲娜道：「你們並不是唯一的犧牲者。」

封翎皺眉道：「你在說甚麼？」

艾玲娜道：「你先聽我說，我們並不是第一次接收到這種超電波。」

封翎不解地道：「你剛才又說地球上從來沒有這種電波，噢！我明白了。」

艾玲娜臉上露出凝重的神情道：「你明白了，我們曾收到這種超電波，不過它卻是來自外太空，來自以光年計的遙遠空間。」

封翎道：「我明白了。原本由外太空來的超電波，忽然轉由地球發出去。唯一的解釋就是，有外太空船神不知鬼不覺地登陸地球，而且藏在塔哈特山裏。他媽的，我們就是為了這鬼理由到這可恨的沙漠拋頭顱、灑熱血。」

艾玲娜幽幽道：「我不怪你有這種反應。可是，當你知道我們先後派了三隊搜索隊來這裏都全部失蹤後，你就不會怪我們小題大作了。」

封翎呆了起來。

艾玲娜的聲音繼續傳入他的耳內道：「所有飛機一飛進這區域的上空，立時與基地失去聯絡，之後了無音訊。」

封翎恍然道：「難怪軍方不肯用飛機送我們來。」

他大致上明白了一切。假設真有太空船降落這裏，而又能將太空船據為己有，那將是人類的最大突破。難怪國家不惜一切，趕在所有人之前搜尋太空船。

不過，卻想不到有圖雷阿人從中作梗。

想到這裏，封翎忽地叫了起來。

艾玲娜嚇了一跳。

封翎臉色變得蒼白起來，喃喃道：「我明白了，太空船內一定有異星生物。」

艾玲娜道：「我們也想過這個問題，但不能證實。」

封翎道：「這異星生物一定擁有龐大的精神力量，所以能控制圖雷阿人的神巫，使他命族人為他守衛飛船。」

艾玲娜道：「你的想像力比我們更豐富，不過也不無道理。」

封翎道：「是或不是，我們很快便會知道。」

他兩人不約而同向高高在上的塔哈特山峰望去。在月色下，可望不可即的山峰倍添神秘。

他們在那裏待了一整天。到第二天的黃昏，炎威稍減，才開始登山的旅程。

艾玲娜取出一枝長條形的探測儀，不斷追蹤那奇異而神秘的超電波。

他們愈往上走，探測儀的反應愈強烈。

封翎全神貫注圖雷阿人的行蹤，竟出奇地發現他們已絕跡於這區域內，似乎他們只佈防在山區的邊緣處。難道他們也不敢接近那隻飛船？假使真是有飛船的話。

艾玲娜忽地興奮的叫了起來，道：「在那邊！」

封翎望過去，只見一道斜坡上有一大堆大小不一的亂岩。

封翎拿起自動武器帶頭走去，沉聲道：「小心點！」

在亂岩中左穿右插，最後來到一個廣闊的洞穴前。

艾玲娜失望地道：「怎麼會是這樣，只是一個山洞。」

封翎道：「或者外星人在裏面。」

「不要動！」熟悉的聲音在身後響起。

封翎和艾玲娜兩人驀然凝住，不敢移動。

背後的人叫道：「擲下武器。」

封翎無奈地擲下武器。

背後的人哈哈大笑，走了出來道：「慢慢轉過來。」

兩人轉身，背後的人赫然是那白理傑。

艾玲娜尖叫道：「你幹甚麼？」

白理傑冷冷道：「沒有甚麼，只不過我忽然手癢，想殺一、兩個人。」

艾玲娜道：「你逃不了的。」

白理傑道：「對不起！我並不用逃。」

封翎沉聲道：「你究竟是誰？」

白理傑陰陰道：「你問的是我哪一個身份？」

封翎冷哼一聲道：「枉國防部千揀萬揀，卻揀了你這個雙重間諜來進行這個任務。」

白理傑道：「洞內肯定有外星生物，他的力量只可應付空中來的侵擾，地面上便要靠圖雷阿人來保護，所以只要我進去將他手到擒來，再傳出訊息，三個小時內便有飛機來接我回去，哈！」

艾玲娜憤怒的衝前了兩步，白理傑槍嘴一轉，喝道：「停步！」

艾玲娜悲憤地叫道：「你這叛徒！」

白理傑臉現獰笑，槍嘴轉向封翎道：「你先去死吧！」

艾玲娜尖叫一聲，向白理傑衝去。

火光閃現。

艾玲娜打着轉往後倒跌，胸前血肉飛濺。

白理傑同時向後飛跌，眉心處開了一個血洞。封翎的手槍已握在手裏，不過還是救不了艾玲娜。

封翎悲愴地撲到艾玲娜身上。艾玲娜嘴唇顫動，似乎有話要說。封翎把耳朵貼近，聽到她說：「進去！進……」頭一側，玉殞香消。

封翎望向洞口，黑漆漆的，使人難知其中究竟，裏面究竟有甚麼奇異的東西？他不由自主步進洞穴去，一種奇異的黃光瀰漫在洞穴的深處，洞孔愈深進便愈廣闊，最後他來到一個層岩疊壁的廣闊空間。

封翎一進去便看到了「他」。假設他是三頭六臂，又或是長着尾巴的小矮人，他也沒有這麼震驚。

洞裏有一個人，靜坐在一塊大石上。

他的外貌和他一模一樣，封翎就像從鏡中看到了自己。不過他身上穿的卻是一件銀光閃閃的白袍，面孔比他蒼白得多。

封翎目瞪口呆。

那人平靜地道：「你回來了！」

封翎愕道：「我從未來過這裏。」

那人奇道：「你和我在這艘太空船內已經歷了千億年的悠久旅程，怎會從未來過？哦，我知道了，在通過宇宙核心時你患的離魂病還未好，仍以為自己是另一個世界的生物，過着他們的生活。」

封翎一生從未像眼前這一刻那樣震撼和糊塗，似乎理性和合乎邏輯的世界在這一刻已冰消瓦解，方才艾玲娜才血淋淋地在他懷裏玉殞香消，而眼前的現實卻像另一個完全不同的世界。

最奇怪是對方和自己長得一模一樣，難道只是一種幻覺？

封翎雙腳一軟，坐倒在地上，喃喃道：「太空船！不！這只是一個山洞。」

那人柔聲道：「你這次的病很重，你用心看吧，太空船外的星空多麼美麗。唉！你一定要復原過來，我們才可以繼續行程。」

封翎扯髮狂叫道：「這一切都不是真實的，只是一個噩夢。」

那人道：「是的！你現在陷進了一個噩夢裏，你一定要醒過來。試試你身旁的發動器吧，那可使飛船以超光速飛行。」

封翎望往一側，只見一塊石頭。

封翎茫然抓住石頭，那人叫道：「不是這樣，你要真正當它是發動器才行。」他的聲音在洞穴內回響，忽然間天地盡是他的叫聲。

封翎不由自主幻想那是發動器，一手抓着，天地劇烈震動起來，整個山洞化成龐大的宇宙飛船內部，佈滿奇怪的儀器，閃跳着千奇百怪的色彩。眼前是個巨大有若戲院銀幕的窗戶，窗戶外是壯麗無匹的星空，飛船正以超光速飛行。

封翎向坐在身旁的那人道：「噢！我醒來了。」

機械人之戀

公元二〇〇一年。

車子在高速公路上飛快開動。

為了追捕「拉利二號」，我已經兩日未闔過眼。

我問道：「黛絲！他在不在附近？」

黛絲發出一連串的聲音。我知道她正用電子探測器和遠近的探測站聯繫，再對目標物加以掃描探索。

過了好一會，黛絲的回話從安裝在我耳廓內的微型傳聲器響起：「拉利先生，我失去了他的影蹤。」

我詛咒了幾聲。一方面怨自己運滯，另一方面也不滿黛絲。她是我花了大半生積蓄租回來的超時代設備，比「拉利二號」還貴了三倍，都是「世紀機械人公司」的榮譽出品，但現在竟連「拉利二號」也追丟了。

我們在奔馬鎮時最接近拉利二號。據黛絲的估計，離開我們只有十多公里遠。但追了下來，竟又給他逃走了。

我忍不住道：「黛絲，製造你的世紀公司曾說你能夠從人堆中識別每一個你公司製造的機械人，沒有機械人能逃過你的偵察，但現在已三個月了，仍沒法追上拉利二號，你怎樣看這個問題？」

黛絲以她一向平靜溫柔的女聲答道：「拉利二號並不是普通的機械人，他擁有獨立行動系統和敏銳的觸感器，是一九九八年『仿生人試驗』以來的最偉大成果，現在他正在發揮他逃走的功能。」

我幾乎是叫起來道：「偉大成果？他把我的妻子藍莉也騙走了。」

黛絲心平氣靜地道：「所以，世紀公司才以這樣的價錢，將我租給你，以作為對你不幸的補償。」

我嗤之以鼻道：「還說便宜！你半年的租金已夠一個普通家庭十年的開支了。希望你真能助我找到拉利二號，讓我轟掉他的頭。」

黛絲沒有答我，卻道：「你的體能在下降，照車子目前的速度，三分五十一點六秒後，車子將到達寧川假日酒店的正門前，你也應該休息一會了。」

我咕噥了幾聲後不作聲。不一會寧川假日酒店的招牌進入眼簾。或者真的是體能下降，一股倦意泉水般湧上來。

我按動了停車的按鈕。

車子悠然停下。

我把坐在一旁的黛絲，背在背上扣好，開門下車。

沒有人估到我背上這個尺許見方的扁平箱子，其價值足可以買一百間眼前這種擁有二百五十間客房的中型酒店。

我第一次看到拉利二號時，是五個月前一個夏天。美麗的接待員將我帶到一個客廳內道：「拉利先生，請等一等，奇連博士快到了。」

我愕然道：「奇連博士？」心想，難道是那位連奪兩屆諾貝爾物理學獎、被譽為愛因斯坦以來最偉大的科學家？

「拉利先生，你好！」

一位風度極佳的高瘦老人，走進會客廳來。他神采飛揚，雙目炯炯有神。想歸想，當真正見到這舉世知名的科學家時，我仍是目瞪口呆，傻子般舉手和他相握。

奇連博士道：「拉利先生，請坐。」

我受寵若驚，在他對面坐了下來。

奇連道：「我是世紀機械人公司的首席顧問。兩星期前，你寄來了一封信，內容很有趣。」

我的面孔立時脹紅，囁嚅道：「那……那只是我一時的異想天開……」

奇連舉手阻止我譴責自己，笑道：「在科學上，沒有一件事是異想天開的，沒有一件事是沒有可能的，問題是怎樣做到。」

我張開了口，驚訝得說不出話來。

奇連博士道：「拉利先生，你的來信中說妻子藍莉對你極為依戀，整天要你陪伴她，你雖然愛她，但卻感到失去了自由，所以希望能有一個仿似你的機械人，在適當的時候陪伴你的妻子。」他頓了一頓，兩眼凝視着我道：「請問你是否仍有這個想法？」

我目瞪口呆道：「難道……難道真可以辦到？藍莉她不會知道嗎？」

奇連博士道：「我們將會盡力而為，問題是你是否仍有興趣。」

我試探地道：「價錢怎樣？」

奇連博士微笑道：「這個仿生人的價值比一般市面上的服務機械人要貴上數萬，因為他能全面地模仿人類，甚至包括起居飲食的細節。他的消化系統表面上看，和人類一點分別也沒有，我們甚至會將你腦內的記憶，複印到他腦部的記憶晶體，保證連你自己也分不清楚誰才是真的。」

我追問道：「究竟要多少錢？」說實在的，我一點心理準備也沒有，當日寫那封信，亦純是一時意氣，發洩一下。

說也奇怪，三年前新婚後，藍莉便對我如癡如狂，把我纏得透不過氣來。說句老實話，在我追求她時，她是非常冷淡的，老說愛情是沒有意義的事。她所信奉的末日教，是倡行獨身主義的。不過，最後她還不是嫁給我了嗎？

奇連博士的話聲打斷了我的思路，他道：「我們並不打算將他賣給你，而是出租，時間只是一年，只收取象徵式的租金。」

我沉吟了好一會，道：「這機械人會不會違抗命令？」

奇連博士目光連閃道：「在一般情形下，他絕不會違抗命令。」

我道：「怎樣才算一般情形？」

奇連博士道：「這是最新一代的仿生機械人，我們希望能給他最大的自由，所以只在他的神經中樞植進一條指令，驅動他工作。現在他進入你的實際生活中，這指令便是代替你履行丈夫的責任，而對象則是一個人，亦即是閣下妻子藍莉。假設一切依着指令，便沒有問題，例如你不能令他去殺人。」

我急促地喘了幾口氣，沒有法子掩飾心中的緊張。

奇連博士了解地道：「你要不要考慮一下？你的要求雖是異想天開，但卻給了我們一個珍貴的試驗機會。但記着這是絕對保密的行動。」

我搖頭道：「不用考慮了，決定這麼辦。」

腦中想着當時的事，人卻坐了下來。

酒店餐廳的女侍應走上來道：「先生！要點甚麼？」她望我的眼神很奇怪，似乎非第一次見我。

我茫然抬頭，接觸到女侍應烏溜溜的大眼，才從回憶中醒過來，匆匆點了咖啡和牛排。

女侍應盯了我背上的黛絲一眼，奇怪我為何不把這怪箱子解下來。

我也不喜歡背着這個包袱，只不過她實在太珍貴了，而且是我找回藍莉的唯一希望，所以習慣了和黛絲在公眾場合裏片刻也不離身。

我低聲喚道：「黛絲，聽到我嗎？」

黛絲的聲音在耳內響起道：「當然聽到。」

我道：「你找到他嗎？」

黛絲道：「剛接收到一點有關他的訊號，他從第七號公路東行，應該往都靈市去了。」

我霍地站了起來道：「我們立即去。」

黛絲平靜地道：「拉利先生，請先坐下，吃飽肚子，體能上升才能繼續趕路。你又不肯讓我為你駕車。」

我冷然道：「你以為我經過了拉利二號的事，還會信任機械人嗎？若非奇連說你能憑拉利二號運作時發出的高頻率電波，偵知他的所在，我才不要你跟來。」

黛絲沉默起來。

我暗忖難道她被傷害了？雖然黛絲的模樣只是一個箱子，但她的作用卻與仿生的機械人無異。

記得我初見拉利二號時，嚇得我幾乎眼珠也跳出來。

那是我見到奇連博士的一個月後，我重回到世紀機械人公司。

奇連博士向我道：「你看。」

我順着他的目光望去，只見「我」正施施然從門口進入廳內。

奇連博士道：「來，讓我介紹你們認識，這就是拉利二號。」

拉利二號向我遞出了他的手。

我驚惶失措舉手相握，他的手溫暖柔潤，就如真人一樣。

我看着他就像在鏡中看到了自己，只不過鏡中的我是平面，他卻是立體。奇連說的對，連我自己也分辨不出誰是拉利。

奇連道：「拉利先生，由今天開始的一年內，只要你需要他時，他就能代替你幹任何事，包括你建築的工作，應付你的岳母等等。」跟着俏皮地道：「噢！當然，還有你的妻子。」

拉利二號起身道：「拉利！我很光榮能為你服務。」

他媽的，連聲音也像足我。

我心中湧起妒意，旋又壓下，無論如何，他只是個為我工作的機械人，就像你不會嫉妒你女朋友沐浴用的熱水器，因為它只是個工具，即使他會走會跳會叫，但仍只是個工具。

奇連道：「好了！讓我們三個坐在一起，好好地安排一下。」

「先生！先生！」

我從回憶裏震醒，迎上女侍應的俏目，她手上捧着咖啡。

我連忙移開身子，讓她將杯子放在枱上。

她笑一笑，看來對我頗有點興趣。

女侍應擱好了咖啡，輕聲道：「這次為何不帶你的女伴，她真是美麗極了。」

我呆了一呆，一時間捉不着她的話意。

女侍應笑了一笑，轉身走了幾步，回頭道：「我從未見過情侶像你們那樣深情。」

黛絲的聲音在我耳邊提醒道：「她曾見過拉利二號和藍莉。」

我猛然醒覺，勉強擠出一個笑容，問道：「怎樣深情？」

女侍應臉上現出嚮往的神情道：「真是當局者迷。昨日你和那美麗的女伴坐在近窗的那張桌子，互相凝視，一句話也沒有說便互看了三個多小時，這還不算深情嗎？」笑着蝴蝶般飄了開去。

黛絲道：「你看，我們正緊追着他們的尾巴。」

我呷了一口咖啡，咕噥道：「媽的！三個多小時一句話也沒有說過，這會是藍莉嗎？真令人難以置信。若是這樣，我也不用找來拉利二號，弄得妻子也沒有了。」結婚後的藍莉，一改常態，整天說個不停。

黛絲發出輕微的電子活動聲音，我知道她像慣常那樣將資料分析，然後再送回奇連博士那裏。

我對黛絲發出的聲音，就像對自己呼吸那樣熟悉。

兩個月來，她陪着我天涯海角地去追捕拉利二號，形影不離。有多次她把我從睡夢中喚醒，繼續追捕。

從沒有一次像現在那樣接近他們。

我心中一片火熱，不由得摸一摸外衣內的重型手槍。它的火力足可把犀牛的大頭轟掉。

我期待着它轟掉拉利二號時的情形。

殺個機械人又不算是犯法。

我恨他。

我不知道為何會演變成這樣。

開始的一段時間，我真的很快樂。

初時我只肯讓拉利二號陪藍莉一陣子，好讓我抽身去喝杯酒，打一場網球。慢慢我的膽子愈來愈大，甚至連工作也讓給了拉利二號。說真的，他比我幹得更快更好。有時我整星期到外地旅行，探探老朋友，有時也花天酒地一番。我告訴自己，無論怎樣瘋狂荒謬，亦只是一年的時限，一年後，一切回復正常。

人一生中總是要有段瘋狂的時刻吧。

有一次，我在南美洲旅行回來，到了一間荒廢的小屋內，等待拉利二號來和我「交更」換人，豈知等了三個多小時，他依然蹤影杳然。

我最後忍不住，潛回家裏。

發覺已人去樓空。

拉利二號帶着藍莉，不知所終。

我恨得幾乎要殺死自己。

當年我追求藍莉是多麼艱辛，到最後我威脅要自殺時，她才嫁給我。

現在拉利二號一聲也不吭，便將我的成果擷去。教我怎能甘心？

我一定要找到拉利二號，幹掉他，把藍莉奪回來。

我氣沖沖地去找奇連，奇連聽得目瞪口呆，顯然比我還驚奇，頻頻說道：「這是不可能的，不可能的。」

可是，這畢竟發生了。

黛絲的聲音道：「拉利先生，起程了。」

我霍地站起。

是的。

起程時間又到了。

車子繼續在公路上飛馳，從與第七號公路成直角的四十七號公路，轉入第七號公路。

我踏盡油門，讓車子以近一百五十里的高速飛馳。景物在兩旁流水般倒退。離開假日酒店時，那擁有一對美麗大眼的俏女侍，偷偷地將她家的電話號碼塞進了我的手裏，使我妻子被奪這種飽受摧殘的心靈，得到了些微的補償。

那可人的女侍應叫艾美。

她可能想享受一下那種「此時無聲勝有聲」的愛情滋味。媽的！想不到拉利二號這機械人也懂得這套。但奇怪的是，婚後的藍莉最愛說話和問問題，怎會和拉利二號來這一套，互相凝視三個小時也不說半句話？真是見他的大頭鬼。

「拉利先生！」

我瞿然道：「甚麼事？」

黛絲道：「駕駛時切勿胡思亂想，尤其是在這樣的高速，請記着，我是非常非常值錢的機械腦。」

我不滿道：「你怎知我的腦在幹甚麼？」

黛絲道：「我的感應裝置偵察到你的大腦皮層有頻密的電波活動，飄浮不定，這是胡思亂想的現象。」

我氣道：「不要監視我，你的責任是助我找拉利二號。哼！這本來應是你們世紀的責任，但奇連卻說這事牽涉到道德和法律的責任，他們不宜插手，既是這樣，你就應該是免費的。」

黛絲用她那不死不活的女聲平和地道：「拉利先生，三分鐘後將到達都靈市，請減慢車速。」

當天晚上，我們在都靈市郊的小旅館過了一晚。

黛絲不時響起各式各樣的奇怪聲音，我知道她正運用超頻率音波感應，追蹤拉利二號操作時發出的頻率。

她的鬼聲音使我一夜沒睡，臨近天亮時，我抵不住睡魔的引誘，闔眼而睡，豈知旋又給黛絲弄醒了。

黛絲道：「拉利先生，我找到他了。」

我跳了起來，掛好手槍，背起黛絲，撲下街取車。

東方天際開始有些微光亮，周圍還是灰灰暗暗。

黛絲道：「轉左直去。」

我一聲不響猛踏油門，車子開出。

黛絲道：「拉利二號正駕車往市中心駛去，假設幸運的話，我們應該可以和他共進早餐。」

我悶哼一聲，暗忖拉利二號今天的早餐將會是一粒子彈。

從未曾像這次那樣地接近他，以往總是差上一天半天的距離，然後又失去了他的蹤影。

但儘管我幹掉了拉利二號，妻子藍莉還會跟我嗎？她是否知道拉利二號只是一個機械人，又或真的只當那機械人是我？假設她知道我以機械人來騙她，她會怎樣？

以前從沒想過的問題，這刻思維卻像潮水湧上沙灘。

記得那天我氣沖沖找上奇連，告訴他拉利二號挾帶了我妻子，奇連驚異得說不出話來，好一會才道：「這是不可能的，這是不可能的。」

我怒吼道：「甚麼可能不可能，你不見這事已發生了？」

奇連搖頭道：「若說拉利二號這機械人愛上了你的妻子，那就像說某人愛上了一條魚一條蟲那樣荒謬可笑。在百分之九十九的情形下，愛情只能發生在同類間。」

我揮舞着拳頭道：「他們正是那畸形的百分之一！現在怎辦？你一定要替我把他們找回來。」

奇連道：「冷靜一點，我們一定會幫你的忙，因為拉利二號是我們的王牌製作，絕對不能失去，否則世紀機械人公司，將在與『宇宙電子合成人公司』的競爭裏，敗下陣來。」

我喝道：「我不管你們的競爭，我只要回我的藍莉。」

奇連道：「我們公司不適合正面參與這件事，你也知道，從沒有一條法律是管這方面的超時代事物，但我們可將本公司另一超時代產品租借給你，她能夠偵查本公司所有機械人發出的頻率。」

我呆了一呆道：「又是機械人？」

奇連微笑點頭道：「這是個不像人的機械人，名字叫黛絲，由今天開始，直至追上拉利二號，你將和她形影不離。」

黛絲的聲音把我驚醒過來，一時間把握不到她在說甚麼。

我叫道：「甚麼？」

黛絲道：「轉左！」

車子轉入左邊一條支路。

兩旁樹木掩映間，是一幢幢別致的樓房。

黛絲道：「他在前面。」

我全身一震，汗水由手心沁出來，顫聲道：「哪裏？」

黛絲道：「前面那輛吉普車，坐在裏面的就是他，但你妻子藍莉不在。」

前面那輛灰藍的吉普車驟然加速。

黛絲道：「快！他感應到我的探測。」

我手忙腳亂地猛踏油門，車子像箭矢般追去。一場公路上的競逐展開了。

吉普車突然轉了一個急彎，輪胎擦着路面吱吱作響。我措手不及，眼看車子要衝過了頭，黛絲冷靜地道：「讓我來！」

突然間我發覺車子全不受控制，美妙地轉向左方，往吉普車追去。

我驚叫道：「這算甚麼？」

黛絲道：「我用電子感應控制了這車子的所有操作。拉利先生，你休息一會吧！」

我忽然明白到在機械人與機械人之間，人是那樣無助和渺小，雖然他們是人製造出來，卻擁有遠比人優勝的能力。

車子奇蹟似地在公路上穿來插去，緊緊跟在吉普車之後。有幾次幾乎撞上迎面而來的車輛，但車子在黛絲控制下，靈活地閃避開去。不一會，兩輛警車大鳴警號追來。

黛絲理也不理，繼續加速，不一會便將警車拋離，而我只能像個傻子呆望着這一切的發生。

四周的車子愈來愈多，我們進入了市中心的範圍。前面的藍色吉普車轉了個彎後失去影蹤，但黛絲依然滿有把握地左穿右插，最後在一條橫巷裏停了下來，藍色的吉普車就在車前。

但拉利二號已不知跑到哪裏去了。

黛絲沉默無聲。

我忍不住道：「我們還有休息的時間嗎？」

黛絲道：「他正從前門溜走。」

我一把背起她，推門下車，問道：「怎麼走？」

黛絲道：「先走出橫巷，有一輛警車正在駛來。」

我遵照黛絲的指示，來到大街。街上來來往往盡是上班的人，我真希望能像他們那樣正常地生活，不用捲進海角天涯的追逐裏。

黛絲不斷在耳邊指示我的行動，不一會我們來到一座大百貨公司前。

黛絲道：「他躲了進去。」

我道：「百貨公司還未開門，他怎麼進去？」

黛絲道：「請記着他是個電子機械人，要開個電子鎖，就像吹口氣那麼容易。往左去。」

我背着黛絲，來到百貨公司左邊一道門。

黛絲發出一陣奇怪的聲音後，電子門升起，我呆了一呆道：「這樣闖入是非法的。」

黛絲平靜地道：「我只知要找回拉利二號，其他一切都不需我去考慮。」

我猶豫半晌，道：「藍莉在不在？」

黛絲道：「在一公里的範圍內，我可以感應到人類發出的腦電波，但在這百貨公司的範圍內，我除了感應到拉利二號所發出比人類強大千萬倍的高頻率電波外，再感應不到其他人。」

我氣道：「你可不可以簡單地說藍莉不在裏面？」

我的心頓時活躍起來，假設我幹掉了拉利二號，再移花接木，代替了他把藍莉領回，不正是天衣無縫嗎？

我不理黛絲是否仍有話說，一步踏進百貨公司內。

閘門在我身後落下。

偌大的百貨公司，佈滿各式各樣的貨品。我小心地走動。手槍到了手裏，沒有藍莉在，我可以肆無忌憚。

黛絲道：「轉左！」

我轉過售賣大樓的部門，來到兒童玩具部，一看，幾乎連槍也掉在地上。

和我一模一樣的拉利二號，我萬水千山追尋的拉利二號，屹立面前。

他身旁還有我美麗的妻子藍莉。

我曾經下了一千次決心，要一見就轟掉拉利二號，這時卻手足無措。

我喝道：「你……你……」一個字也說不出來。

我的目光轉到藍莉臉上，她見到我卻連一點應有的訝異也沒有，平靜寧美。

我找回了聲音，用槍嘴指着拉利二號啞聲道：「你為甚麼不走？」

拉利二號道：「我知道走不了，我們的思維和人類不同，知道沒有用的事，絕不去做。」

我叫道：「你又說她不在。」這句話是向黛絲說。

黛絲平靜地道：「我剛才正想和你說，我……噢……對不起，奇連博士有話要說。」

我的腦筋亂成一片，完全不知黛絲為甚麼忽然提起奇連，也不知應該怎樣走下一步。

奇連的聲音從黛絲處響起道：「拉利先生，鎮定一點，事情到了要解決的時刻了。」

我道：「你在哪裏？」

奇連道：「我在公司裏，但通過黛絲，便等於在你的身旁。」

奇連頓了一頓又說：「拉利二號，你還記得我嗎？」

拉利二號答道：「博士，我當然記得你，我的記憶晶體一點損毀也沒有。」

藍莉在一旁悠悠自得，令人絲毫不知她在想甚麼。她的平靜令我心悸。

奇連道：「你還記得我給你的指令嗎？」

拉利二號道：「當然記得我的責任就是在一年內代替拉利先生在需要時陪伴他的妻子藍莉。」

奇連道：「但你為何違抗我的指令？」

拉利二號道：「我並沒有違抗指令。」

我跳了起來，叫道：「還説沒有？她算甚麼？」我指着藍莉，怒火在心中燃燒，手指拉緊了槍掣，我要殺他。

奇連道：「你可以解釋一下嗎？」

拉利二號攤手道：「她並不是藍莉，所以我並沒有違抗指令。」

我愕然一震，望向藍莉。

藍莉踏前一步道：「我並不是藍莉，我真正的名字是宇宙電子合成人公司一三六七號仿生合成人，我的指令是代替藍莉小姐成為拉利先生的妻子，但當拉利先生變成了拉利二號時，指令已無效。」

「噹！」

我手指一鬆，手槍掉在地上。

突然間我明白了一切。

最荒謬的事發生在我和藍莉身上。

當年藍莉因被我纏得太緊，竟然從宇宙電子合成人公司找來了一個仿生人來代她嫁給我，但這仿生人也太熱情，使我透不過氣來，我於是找來了另一個仿生人代替我，致弄到這般田地。真正的藍莉早已走了。

奇連博士的聲音道：「難怪黛絲感應不到你的腦電波，因為宇宙公司用的是低頻率電子系統，與我們用的高頻率不同……」

他的聲音像來自遙遠的天外，我感到一片茫然，頹然坐下。

拉利二號似乎在答奇連的問題道：「我不知道為甚麼，當我的高頻率和一三六七號的低頻率聯接時，我感到……感到一種奇異的感覺，或者那就是愛情吧！仿生人的愛情……」

我忽地明白了女侍應艾美說的那「無聲勝有聲的深情」，正是無形頻率的交接。

想到艾美，心中一動。

我伸手入袋裏，抓緊艾美給我的那張字條，心底忽又充實起來。

換天

我調節着眼球瞳孔的大小，距離大約四千碼外那座宏偉建築物正門處的情景，立即清晰無誤地收在我的視網膜上。

我可以清楚看到高林博士嘴角旁的小痣。他正坐在豪華三排座房車的後座。房車的濾色防彈玻璃對我的視線毫無影響。我感到車重是十二噸，那顯示了車身是用夾層的合成金屬製成，可抵禦榴彈炮和火箭炮的襲擊。

政府對他的重視是毋庸置疑的。

房車從向旁縮入的大鐵門駛進建築物的圍牆裏。門旁的牌子寫着「愛因斯坦研究所」，一個以愛因斯坦命名的實驗室。但我知道，這看似沒有甚麼特別的地方，卻將會改寫人類的歷史，假設我阻止不了的話。

關鍵人物是高林博士。

這被譽為太陽能之父的超卓科學巨匠，正從事另一項絕對保密的計劃，假若成功了，新人類就會出現。

我知道他一定會成功的。這次我來這裏就是要制止他。

我閉上眼睛，精神凝聚在房車上。

我感到房車繼續移動，轉到建築物的後面，停了下來，卻沒有人下車。

忽然車身又移動起來，往前駛去，我感到車身沒進地裏。

「轟！」我放射出的追蹤感應電波被關上的鉛門切斷。

我醒悟到車子駛進了地下室去。實驗室一定深藏在能抵禦核武器攻擊的地下保護室內。

我張開眼睛，從這十六樓的酒店房間，可俯瞰陽光漫天的城市景色。

但這三天來，我只凝望着眼前這歌德式的宏偉研究院建築物。

支撐整幢建築物的八根參天大圓柱，在陽光下閃閃生輝，令我想到背負在我身上的人類使命。

今天，也是我第一次看到高林博士。

我離開房間，步入設在大堂的酒吧。

幾束眼光投射在我身上。我知道來自餐廳的幾位女侍應，三天前我第一次入住這酒店，她們便對我大感興趣。

我找了張僻靜的枱子坐下。一個嬌小玲瓏、笑臉如花的女侍應蝴蝶般飄過來。

我剛要開口，她笑道：「一瓶礦泉水，是嗎？」

我這才留心到她手上拿着一瓶礦泉水。她將礦泉水擺在我的面前，又放下一個盛滿冰塊的高腳杯。

她迷你裙下的大腿渾圓均勻，充滿了青春的氣息。

她開了瓶蓋，滿滿給我倒了一杯。冰塊浮了起來，晶瑩通透。

女侍應笑道：「不要告訴我你的晚餐只是一瓶礦泉水。」

我道：「我的食物是水、陽光和空氣。」我是不懂說謊的。

她笑道：「那你不是植物嗎？幸好你的腳還未變成樹根，仍可四處走動。」

我仰頭深深望進她眼裏，她明顯地呆了一呆，脈搏由原本每分鐘七十五下升至九十二下。我還測探到她的心在叫道：「噢！他終於望向我了。」

我收回目光，拿起杯，大大喝了一口。冰水進入胃裏，立時被胃壁吸收。

今天只要再喝十二品脱水，當可維持十天八天。我要好好控制份量，水份過多會影響我的能力。

她俯身道：「你到這裏來幹甚麼？參加聯合國明天舉行的世界科研大會嗎？你看來像個不苟言笑的學者，除了年輕了一點外。」

我問道：「你叫甚麼名字？」

她眼睛一亮道：「我叫安妮。」

我感到電流潮水湧過大地般流過她的神經，這就是這時代人的性衝動了。看來我有足夠的吸引力，令她泛起愛的漣漪。

她在我耳邊輕聲説道：「我今晚七時下班。」腳步輕盈地跑了開去。其他的女侍應都露出羨慕的神色。我可以讀出她們的思想，不過這只是一種能量的浪費，我這幾天還有很多事要做，一定要好好珍惜所餘無幾的能量。

離開了酒吧，步出酒店大堂，幾乎同一時間，我的心靈泛起被人窺視的感覺。

我集中精神，思感延伸出去，腦中升起一幅清晰的圖像：對面街毫不起眼的一輛小型運貨車上，裝載了電子儀器，正在拍攝着我的一舉一動。

我表面上不動聲色，只顧轉左往市中心走去。這時是黃昏時分，街燈都亮了起來，行人眾多。

不過，我知道身後的其中一人，是針對我而來的跟蹤者。他們很難瞞過我精神的感應。只要他們將心神集中在我身上，我腦中的感應神經會立即感應出來。

一條街還未走完，他們已換了三個不同的人跟蹤我，使我知道對方非常重視我。

我估計他們應是中情局的人，為了保護高林博士代號「換天計劃」的工作，可說是不遺餘力。

我漫步而行，街上的行人都頻頻對我行注目禮，對這我一點也不奇怪，因為我無論身材樣貌氣度都和人類理想中的人吻合無間，就像活生生的完人。

我走進一間百貨公司，內裏琳瑯滿目的貨品對我一點吸引力也沒有，因為我並不需要它們。

事實上，除了陽光、空氣和水外，我甚麼也不需要，包括身上這套衣服，穿上它只是權宜的偽裝，方便進行阻止「換天計劃」的使命。

女售貨員迎了上來，笑語盈盈道：「先生，想買套衣裙給女友嗎？」

我側臉望她，她瘦削的臉龐露出迷醉的神色。我讀到她心中叫道：「天！這世界竟有這樣完美無瑕的男子。」

我這才注意到我來到了女裝部，難怪她有這樣的想法，於是答道：

「我只是四處看看。」轉身往來路走去。

失望的腦電波從背後射來，由我的脊椎神經送上大腦，我讀到身後那女售貨員的思維正不忿地道：「他為甚麼連笑容也吝嗇？」

對不起！我並不懂得笑。

我走出百貨公司，閉上眼睛，腦神經立時切進空氣中各種波段的頻率去。有警方的傳訊，計程車的無線電，電台電視台的訊號波，私人的通訊網路。可是，在千分之一秒的時間裏，我已捕捉到追蹤者的通訊波段。

「點子正從百貨公司出來。」

「他甚麼東西也沒有買，只和女售貨員說了一句話。」

「他雖然非常英俊，可是卻冷冰冰的，一絲笑容也沒有。」這聲音是女子的，顯示女性看人的角度。

「噢！他現在閉着眼站在百貨公司的大門前幹甚麼？」

我睜開眼睛，停止了收聽跟蹤者的音訊，往酒店走回去。

當我回到房間，我又走到窗口旁，將精神往外延伸，很快我便在愛因斯坦研究院一個窗內找到我要找的東西——一副二十四小時不停拍攝四周環境的多鏡頭全天候攝像器。

這就是暴露了我行藏、使我招引注意的東西。

不過，以後我倒要反過來好好地利用它。

正是它不停監察和拍攝着四周的環境，我在酒店十六樓這房間內對研究所的窺視已被它拍進鏡頭裏。

這一刻肯定中情局已通過我的酒店登記，徹查我的身份，可是我一點也不擔心。他們將會發現我是德國來的一名剛畢業的大學生，身家清白。要製造一個這樣的身份，在我來說是易如反掌。

「鈴……」

我的精神擴展至門外，「看」到那名叫安妮的女侍應緊張地站在門前。我看看手錶，是七時三十分。她下了班後定是等了我半個小時，最後鼓起勇氣來找我。

我默然不動。

她再按門鈴，我讀到她神經中蕩漾着的焦躁和自卑自憐。那在我是非常新奇的感覺。

安妮再多按一次門鈴後，悵然走了。

我來到房內的沙發坐下，心靈四處搜尋，很快在洗手間裏和床下發現了竊聽器。中情局的人行動迅速，效率相當不錯。

我閉上眼睛，調節着身體運作的機能，精神和意識進入靜止的狀態。

當我再睜開眼來時，已是十二小時後，次日的清晨七時三十分。

今天，是聯合國舉行世界科研大會的揭幕日，也是我計劃中要採取第一步行動的日子。

我離開酒店跑到附近公園內的露天餐廳坐了下來，要了一瓶水。一路上都有不同的人遠遠跟着我。他們偽裝成各式各樣的人，例如拖着狗兒的老婦、流浪漢、晨跑者等等。卻沒有人能瞞過我的感應神經。

陽光灑射下來，能量從毛孔傳進我的身體內，我的心臟像電池般將太陽能儲存起來。不到半小時，體內的太陽能已相當於整個城市七小時的耗電量。

我比常人大一倍的肺葉，大量吸收氧氣，氣體和血細胞混融起來，傳進腦部的細胞，令我的思感神經跳躍着生命和力量。我的靈覺在神經系統的每個部份巡察，觀看着他們的運作。

這是我每天一次的例行運動和檢查。

忽地心中一動，猛然張開眼來。

一位苗條修長的美女盈盈立在我面前，友善地笑道：「我可以坐下來嗎？」

我的思感延伸出去，撫摸了她的心靈一下，只覺重門深鎖。除非我加強能量，否則休想闖進她的神經裏。不過，那也會對她的神經造成永久的損害。

她是個受過訓練隱藏心事的人，甚至能瞞過這時代的測謊機。

我可推斷她是個專門對付我的間諜。

她皺眉道：「不歡迎我嗎？」

我以一貫冷然的語調道：「坐下吧！你要甚麼飲料？」

她要了杯黑咖啡，遞一張名片給我，我接過手中一看，上面寫着她的名字「菲惠」，是一間廣告公司的公關經理。這只是她偽裝的身份。

她甜甜地笑道：「有沒有興趣做廣告片的男主角？」

我深深望她一眼，感到她在我的注視下腦波混亂地擾攘了一番，顯出她的不安。

她道：「你有很好的開麥拉面孔，不加入娛樂事業，是很大的浪費。」

我淡淡道：「對不起，我沒有興趣。」

她對我斬釘截鐵的回答呆了一呆。以她的美麗，確是令男人很難對她如此決絕。可是在我來說，美和醜一丁點分別也沒有，重要的是腦內的神經世界，那才是人的真正本質。

她有些不知所措。

我站起身來道：「我有事要辦，先行一步了。」

她顯然感到被傷害，尖叫道：「你一向是這樣對待別人嗎？」

我將一張十元面額的鈔票攤在枱上，道：「我有更重要的事等待着我。」

當我走遠至離開她二十多碼時，還清楚感到她的腦電波激烈地投射到我背上，足見她恨我入骨。

我穿過公園的樹林。

身後並沒有人跟蹤，不過對方將在公園的另一出口守候我。以他們的龐大力量，當然不怕我會飛出他們的指隙。

可是，我正要這樣做，因為我還要混進十一時揭幕的世界科研大會裏去。

我潛入樹林茂密處，思感向四面八方伸展。當肯定我離開了所有觀察我的視線後，我的精神運聚起來，集中到腳下的泥土裏，鑽進泥土的分子結構裏。在千分之五秒的時間內，腳下的泥土蒸氣般融解，我的身體迅速沉進泥土裏去。不一刻，整個人藏進泥裏。

沒進泥土後，四周的泥土覆蓋過來，生命的力量在我身體內澎湃着，自給自足的空氣在體內循環流轉。我停止了呼吸，心神進入停止的等待狀態。

不到三十分鐘，頭頂上的地面佈滿了腳步聲和人聲。

菲惠的聲音在左方二十碼處響起道：「沒有理由會讓他走掉的，每個出口都有人等着這怪人。」

另一個較蒼老的聲音道：「怪人？」

菲惠冷冷道：「一個只喝水，在房間內可以坐在沙發上不作聲十個小時，對女人全無半點興趣的男人，不是怪人是甚麼？」

另一男聲道：「現在最緊要的事是把他找回來……」聲音逐漸遠去。

十時零五分，在泥土中藏了兩個小時後，我往地面上升了起來。將泥屑從我身上排離後，我往出口的方向走去。

十時三十分我抵達聯合國大門外，來自各地衣冠楚楚的科學精英，陸續到場，準備參加十一時正揭幕的科研盛會。

我大步往會議廳的入口走去。

入口處有一組警衛，檢查參與者掛在襟上的入場名牌，登記身份和例行檢查。這些畢生致力科研的學者如遭傷害，那是人類負擔不起的損失。

我一邊走，精神逐漸凝聚起來。

當輪到我進入會場時，我將腦能釋放出去，同一時間侵進到警衛和登記人員的視覺神經裏去。

他們同時閉上眼睛，雙手不自覺地撫拭雙眼，我乘機閃身進入。當他們回復正常時，我已擠進魚貫步入會議室的隊伍裏。那些人只會以為是自己個別的問題，而不會知道每一個人都有這種情形，所以不起疑。

我在偌大會議室東面記者席位上坐了下來。

半圓形的大會議廳人潮洶湧。

十一時正。

會議廳內座無虛席，聚集了五千名來自各地的頂尖科研人員。本地的電視台架起了拍攝器材，準備將揭幕的情形直接傳送到世界的每一角落。

尤其是致開幕辭的高林博士，被譽為自愛因斯坦以來最偉大的科學巨匠，更是萬眾矚目的人物，使揭幕禮具有高度新聞價值。

「噹！」

大鐘敲響，全場靜下來。

高林博士偉岸的身形在講台上出現，立時惹起全場熱烈的掌聲。與會者同時站了起來，向這位解決了人類能源問題的太陽能之父，致以最高敬意。

高林博士連續作了三次請與會者坐下的手勢，對他滿腔崇敬的人才不情願地坐下。我也坐了下來，心中填滿對這偉人由衷的崇敬，這罕有的情緒流過我的神經。

樣貌古奇的高林博士炯炯有神的雙目閃動着智慧的光芒。其寬廣的額頭，使人感到他確有改變人類命運的無窮力量。

他神態從容地掃視全場，以雄渾的聲音道：「歡迎各位來參與這歷史性的盛會，由今天開始一連七天的議程裏，每一句話，每一個提議，都會寫在將來的人類史上。」

我心中絕對同意。他要說的開幕辭我可以一字不漏背誦出來，在將來的歷史上以「進化宣言」被銘記在每一個人的心裏。

高林博士頓了一頓，續道：「各位親愛的同事，或者你早已和我有同樣的看法，就是人類正站在進化的歷史十字路口，命運再不是操縱在上帝的無形之手裏。近年來對遺傳因子突破性的研究，我們已將主動權奪回手裏，只要我們願意，新人類將在數百年內出現……」

全場氣氛肅穆，似乎預見到了高林博士所描述的那劃時代科學成就的遠景。

我一字一字地跟着高林博士在説着。

他續道：「人類的潛能在一生裏只用了千分之一，甚或萬分之一。最偉大的電腦，也遠不及我們腦裏切出來一方寸細胞的複雜程度。然而我們自誇為萬物之靈，可是還要依賴食物維持生命，而不能直接吸取陽光、水和空氣。這究竟錯在甚麼地方？答案可以在遺傳因子裏找到。只要我們能糾正那錯誤，下一代的人類，將會變成活着的神。」

在全場人站立鼓掌的歡送下，高林離開講台。而我已先一步離開了會議廳，來到會議廳和大門出口之間的大堂裏。

高林來到大堂，身旁有四名近身保鏢護着，準備由正門離去。

我站在他的去路處，道：「高林博士。」

高林的眼睛轉到我身上，明顯地一震，為我完美的外形而動心。他身旁四名保鏢大漢露出警惕戒備的神色。

我道：「我想和你單獨說幾句話。」

高林整組人走到我身前來。高林道：「對不起，我從不和未經約定的陌生人單獨交談，你可以通過國家研究所提出要求和說出見我的理由。」

其中一個保鏢搶前一步，右手一把搭在我肩上，低喝道：「請讓開！」

這是我第一次和人類有身體的接觸，我感到那大漢的神經微電流通過皮膚層，傳到我腦裏。

我眼睛望進高林精光閃爍的眼裏，精神延伸入去，掃描了他的心靈，只覺裏面廣闊無窮，充盈着引人入勝的智慧和構想。

高林臉上閃過錯愕的神色，超乎常人的靈慧使他模糊地感到我對他的精神入侵。

另一名保鏢也低喝道：「請讓路。」

我退到一旁，高林博士猶豫片刻，才越過我繼續前行。

我向着他的背影叫道：「請停止換天計劃。」

高林猛地停了下來，鐵青的臉回過來望着我，不能置信地道：「你剛才說甚麼？」

四名保鏢也緊張起來，凌厲的眼神全盯在我身上，如臨大敵。

我一字一字地道：「請立即取消換天計劃！人類干預大自然的意向和步伐，只會帶來災難性的後果。」

高林博士眼中閃動着駭人的光芒，手握成拳，舉起，放下，才毅然轉身往出口處大步走去，轉眼消失在門外。

我精神延伸過去，感到他精神封閉起來了，不再容許任何其他東西闖進去，使我知道再沒有人能改變他的想法。可是，我還要再試。

我步出門外，外面陽光漫天。

我走下石階，思感八爪魚般往四面八方伸展開去，立時知道自己陷入了重重包圍中。監視着我的人共有四十五個，其中十二個分乘五輛車，正從不同角度向我駛過來。

我若無其事在大街上繼續走着。

一群男女迎面向我走過來，和我擦身而過時，其中一女子從衣內掏出了一把小手槍，手指扳掣，一枝針穿過了衣袖，刺進了我的左臂裏。

在那瞬間，我已將針裏射出的藥液分析，知道是烈性麻醉劑，可以在百分之七秒裏侵襲人的神經中樞，造成知覺消失。我詐作昏迷，往一旁側倒，立時給另兩名大漢架着。

一架房車駛到身旁，兩名大漢熟練地將我送進車內。

我的精神退入心靈深處，讓身體模擬昏迷的狀態。

兩個小時後，我被送到一座外表毫不起眼，但內裏警衛森嚴，配備了各式各樣醫學儀器的地方去。

我被放在手術床上推動着。

他們將我推進一個大房裏。強烈射燈從屋頂四個角射下，照得我毫髮俱現。

一群戴白手套穿白衣的人圍了上來。

「這是個很特別的人。據報他從來不笑，永遠都是臉無表情。不過，請看清楚，他簡直是上帝的完美傑作，每一寸肌肉都那樣標準。」

另一個低沉的聲音道：「麻藥還有一小時多一點便消失，我要在這之前為他進行十多項的檢查和測試。情報局的報告說自從兩天前對他監視以來，從沒有見他進食任何固體食物，除了水。」

跟着我被進行各式各樣的檢查，包括照X光、腦部掃描、心電圖、皮膚靜電反應和腦電波。

不過，他們將會一無所得，因為每一個測試裏，我的精神力量都影響着這些原始的器材，讓它們得到完全一般性合乎常理的紀錄。

兩個小時後，我開始模擬人在半昏迷狀態的心理反應，不時發出呻吟和轉動身體。

雖然表面看來房內除了我躺着的床和床頭櫃外，空無一人，但我卻看穿西面的牆，整幅是塊一邊透視的大玻璃鏡，一組由八個專家組成的隊伍，正不停對我觀察。

當十二小時後我裝作回醒過來時，兩個警衛將我帶到一間寬敞的大房裏，要我坐在一張大鐵椅上，手腳都給鋼箍鎖起來。

審問的時間到了。

強烈的燈光射在我的臉上。

我的心靈延伸出去，「見」到隔壁聚集了那八名專家，包括恨我入骨的菲惠在內。我留心着他們的説話。

菲惠通過單邊視鏡仔細地看我，淡淡地道：「你看！他一點也不驚懼，就像是個全無血肉的人。」

一個醫生模樣的人道：「菲惠小姐，可是所有檢查都證實他是一個普通的人，我看不到任何特別的地方。」

菲惠冷笑道：「盤問他吧。」

門開，兩名面目陰沉的人走了進來。

其中一人道：「你好！查申先生。」

查申是我偽造身份的名字。我默然不語。

那人道：「我叫大衛，他叫尊臣，如果你坦白回答我們幾條簡單的問題，可以立即放你走。」

我的精神延伸到他們那裏，立時知道名字是順口胡謅，可以放我走也是謊言，他們是不會讓一個能說出換天計劃的陌生人回到街上去的。

尊臣拍拍我的肩頭道：「朋友，你真棒，告訴我，今早在公園你是怎樣逃脫我們的監視的？」

我平靜地道：「給我找高林博士來，我要和他單獨談一談。」

大衛怒道：「望着我！」

我抬起頭，深深望進他眼裏，在他毫無防備下，我的思感在他神經內巡行，探視他每一個思想，每一種情緒。

我感受到他的恐懼。

他全身一震，叫道：「不要看我！」可是卻移不開目光。

我的精神繼續鎖緊他的神經，數秒鐘才放開他。他整個人向後退去，砰一聲撞在牆上，臉色蒼白。

那尊臣撲過去扶起他，叫道：「你怎麼了？」

大衛胸口急劇起伏，喘氣道：「沒甚麼，可能昨晚一夜沒睡，突然頭昏起來。」掙扎着爬起來。

隔壁的八人小組起初露出緊張神色，聽到大衛這個解釋，才鬆了一口氣。人是希望每一件事都正常合理的，只有菲惠仍皺起眉頭。女性的直覺和敏銳，使她感到事情的不尋常。

輪到尊臣來問我：「你從哪裏聽到有關換天計劃這件事？」

我道：「我要見高林。」

他們繼續以各種問題轟炸我，而我始終是說那一句話，就是要見高林。

隔壁那醫生道：「他是個非常堅強的人，你看，射燈的強光下，他一點倦容也沒有，再問下去，崩潰的將是審問他的人。看來我們必須採取非常手段了。」

菲惠輕聲道：「不知你們是否相信，我認為甚麼手段對他都是沒有用的，例如他在公園不動聲色地消失，又能大模大樣進入科研會的會議廳！」

醫生打斷她道：「我是個科學家，只相信事實，除非我試過所有方法，否則是不會承認無計可施的。諾斯，輪到你這催眠專家出動了。」

我被送到另一個窄小的房子裏。諾斯進來給我注射了一針藥液，是輕度的麻醉劑，會使我進入半昏迷的狀態，易於接受催眠。

四周的燈光暗淡下來，一片柔和。

諾斯低沉的聲音道：「你覺得疲倦嗎？倦了便要好好休息。」

我閉上眼睛，心靈伸往隔壁虎視眈眈的其他七個人。

他們都默默注視着鄰室的我。菲惠咬着下唇，手指不安地跳動。我感到她對我的恨意大幅減退，代之而起是強烈的好奇心。

諾斯用手在我眼前拿着兩個金黃的小銅球。銅球撞在一起，發出「鏘」的一聲清響。

我順着他的意向張開眼來。只見兩個小銅球分了開來，又再合起成為一個，其實只是一前一後。但因為距離我眼睛只有三吋，所以生出合一的錯覺。它們是要擾亂我對現實的執着。

銅球分開。

我看到諾斯閃亮的眼睛，感到他正集中精神將思感延伸進我的神經裏，想控制我。只是，他的道行比起我來，就像一個乾電池和整間發電廠的分別。他或者已發揮了人類潛能的億分之一，但我卻發揮了億分之一億。

我將精神緊鎖，使諾斯微不足道的精神力量只能在門外徘徊。而可笑的是，他並不知道。

諾斯道：「你很疲倦了，閉上眼睛吧。」

我睜大眼道：「給我找高林博士來，我要和他單獨對談。」

諾斯被我的反應駭得幾乎仰跌向後，藥物和催眠對我竟一點也不發生效用。

隔壁的七名觀察者騷亂起來。

那醫生喃喃道：「天！真是怪物。」

另一名蓄鬍子的大漢道：「看來我要採用強硬的手段了。局長已發下命令，無論如何我們定要他說出如何知悉換天計劃的。」

菲惠道：「道生，小心一點，我不想在未弄清楚事實真相時，便使他變成個神經錯亂的廢人。」我讀到了她心內對我的一點關心。

半小時後，我坐在一副儀器上面，整個頭黏滿金屬片，每塊金屬片都通過電線連接到佈滿儀器的大金屬板上。

道生坐在我的對面，冷酷地道：「我問你答，假設有一句不對題，或者說謊，這副機器即會給你不同的懲罰。」

我坦然自若地望着他，表面上他是兇巴巴的，但我卻知道他給我看得心中發毛。

隔壁的小組聚精會神地注視着我的反應。

道生道：「你叫甚麼名字？」

我淡淡道：「給我找高林博士來，我要和他單獨一談。」

在我說到「我要和」時，一股強烈的電流由金屬片刺進我的左腦葉去，我的腦能自然地將電流阻截，將它迫得倒流回去。

「蓬！」

整條電線燃燒起來，跟着所有電線同時燃燒起來。

刑室裏立時騷動起來，警衛搶進來滅火。道生的臉色，有多難看便多難看。

我的精神退進心靈深處，肉體進入全休息狀態。我知道這一着必能將高林引來。

我再度被帶到那空曠的大房，手腳緊鎖在大鐵椅上。室內的燈光明如白晝，方便鄰壁的人通過單向視鏡觀察我的舉止動靜。

我的思感穿越牆壁，探訪隱身隔壁的一大群人。

除了原本的八人小組外，還多了十多個其他人。他們中有三名是穿軍裝，看服飾是一名上將，兩名少將。

諾斯首先道：「我們將他請到這裏來足有四十八小時，可是他連要一滴水的要求也沒有，不需排洩，亦沒有任何疲倦的現象，只是重複說要見高林博士。」

一名五十多歲面相威嚴的男子道：「我當了十多年情報局長，從未見過這樣的怪事。國防部長先生，我們是否應將他解剖開來看看？」

身材宏健被稱為國防部長的男子笑罵道：「我希望還有你那說笑的心情。我們一定要知道他如何獲悉換天計劃。我們不惜代價為這項能改變人類命運的偉業保密，是不想惹起任何沒有意義的爭論，明白嗎？」

菲惠搖首道：「你看，他從沒有任何表情，是否悶得發瘋了？」

情報局長道：「我看了他足有半小時，從未見他動一根指頭，包括眨眼在內。」

外室的門打了開來，眾人轉身望後，不約而同露出崇敬的神色，連國防部長也不例外。

高林走了進去，沒有和人打招呼，徑自走到最前面，神色凝重地盯着隔着單向鏡的我。

其他人簡單扼要地向他敘述這兩天內他們對我所作各項嘗試的失敗。

高林眼瞪瞪看着我，像一點也聽不到其他人的聲音。我的思感伸往他腦海的思潮裏，發覺已密封起來，使我難以窺探。

高林默視着我。

我道：「高林！我知道你來了。」

整間房內的人駭然大震，瞠目結舌望向隔壁的我，只有高林仍然保持鎮定。

國防部長臉色煞白，呻吟道：「天！他不是碰巧的吧！」

我的眼保持平視前方，平淡地道：「高林，我要求和你單獨對話，這是至關重要的事，關係到整個人類的命運。」

高林向身旁的國防部長道：「我請求單獨和他見面説話。」

國防部長堅決地搖頭道：「不！那太危險了，沒有人可預測到他可以做出甚麼來。」

高林見他臉色，知道沒有轉圜餘地，同時他的話亦不無道理，説道：「打開對講器。」

高林的聲音通過傳音器，在我獨處的空曠大室內迴盪道：「我在這裏了，你有甚麼事要告訴我？」

我感到隔壁所有目光一起集中到我身上。

我淡然道：「博士，停止你的換天計劃。完美的人類，只是一個逃不掉的噩夢。」

高林道：「我不明白，你可不可以說清楚一點？」

我道：「你的換天計劃能通過遺傳因子的改造，培養出能發揮全部潛力的新人類，他們可以直接從太陽和環境攝取能量，精神可以任意旅行和改變物質的分子結構，超脫生老病死的囚籠，成為無論內外都完美的完人，超脫了低劣的品格和情慾的煎熬，成為活着的神。可是，當一切都完美時，沒有慾望，沒有需求，人類究竟為甚麼而生存，就像一個運動會裏，沒有人再為任何獎牌奮鬥，比賽只會變成毫無意義的一回事。現代的人雖然充滿缺點，可是他們對明天還有一個希望，換天計劃所產生的新人類，他們那自給自足的完美已不需要任何希望。」

高林道：「他們也應沒有沉悶的情緒。」

我冷冷應道：「可是他們也沒有『不沉悶』的感覺。」

高林聲音轉冷道：「對不起，我認為所有你說的話都是無謂的恐懼，我已在改變遺傳因子上研究了五十多年，現在快接近成功的階段，連上帝在內也不能改變我的決定。」

對話中斷。

高林斷然轉身，走出室外，毫不猶豫地離開建築物，回到他的實驗裏。

在地下實驗室那扇能抵擋核攻擊的鋼鉛門被關上時，我隨在高林博士身上的思感亦被切斷，我精神的力量還未能穿過厚達三尺的十八層鉛板和鋼板夾起來的牆壁。

我回到被鎖在室內大鐵椅上的身體。

所有行動都失敗了，現在只剩下最後一步，也是最不得已而為之的一步。

室內的傳音器響起諾斯的聲音道：「好了！高林博士已和你對話，應該是你坦誠回答我們問題的時候了。」

我驀地轉過頭去，凝視着牆壁後以為我看不見他們的十多個專家和慣於發號施令的人物，平靜地道：「我是不會說謊話的，不過我可以選擇說或不說。」

菲惠顫抖的聲音道：「你可以看見我嗎？」

我道：「當然可以，我還可以看見國防部長和情報局長。」

我看到鄰室的人一起駭然色變，瞠目以對。

國防部長叫道：「天！你究竟是甚麼怪物？外星人抑或瘋子？」

情報局長也喝道：「告訴我們，你怎知有換天計劃？」

我的目光緩緩掃視着他們，道：「你們是不會明白的。好了，時間愈來愈迫促，我要離開這裏了。」

我的精神凝聚，變成一組光電波，四面八方延伸出去，在萬分之一秒內，我已鑽進控制建築物的巨型電腦裏，同時控制了整幢建築物每一道門，每一個設施。

在隔鄰十多人的瞠目結舌下，緊鎖着我的鋼箍自動打了開來，鋼門無聲無息下向一旁縮入去。

傳音器剛傳來國防部長的一聲叫喊，立即斷了聲息。因為我通過電腦，切斷了他們的電流供應，他們將發覺連門也開不了。

我大步踏出門外，長長的走廊延伸出去，不見人影，我施施然前行。

警鈴大鳴。

燈光由原本的清白轉為暗紅，他們放棄了電腦操作系統，改由人手操縱，並且動用後備能源。

在我快要走到廊道的出口，進入建築物中央的大堂時，一道厚鋼閘在我前面落下，堵截了我的出口。同一時間，濃烈的迷魂氣體從廊道頂的小孔猛噴出來，瞬息間廊道充斥着白濛濛的氣體。

他們應變的能力非常高。

我站在鋼閘前，閉上雙目，強大的精神能量迅快凝聚，投射往鋼門去，我的能量鑽進了分子結構的微觀世界去，改變着它們的結構。

鋼門像蠟般融解下來。

我穿門而出，步進大堂。

「停止！」

三十多名荷槍實彈的警衛，一起舉槍，中心點就是我這手無寸鐵的人。

我的能量延伸到他們手持的槍上。

驚叫此起彼落，他們迫不及待地將已變成灼熱變形的武器扔掉。

我大步往出口走去，有四名警衛撲了上來，我的能量傳入了他們的腦神經，使他們抱着頭仰跌開去。

沒有人能阻止我。

在轟鳴的警鈴聲中，關閉着的大門在我眼前融解下來，我大步踏出門外。

外面陽光普照，我仍然在高牆內的世界裏。廣闊的草地和停車坪上，有十多輛防暴裝甲車嚴陣以待，全副武裝的士兵如臨大敵地包圍着我。

我檢查身體的能量，知道再沒有多餘的力量去改變每一輛裝甲車的分子結構，因為我還要幹一件最重要的事。

擴音器傳來的聲音喝令道：「將手放在頭上，切勿反抗。」

我將精神集中，思想越過廣闊的空間，來到愛因斯坦研究所後院的秘密地下實驗室入口處，開始進行空間分子轉移程序。

我已經歷了一次超越時空的旅行，將我儲積了近三千年的能量耗用了近一大半，已經沒可能在短期內回到我以往的時空裏。僅餘的能量，只能在同一空間內作一個短途的旅程。

在包圍的人眼睜睜下，我的身體化成空氣，無影無蹤。

下一刻我已立在地下實驗室的入口前。在入口的兩個警衛駭然驚覺時，我的精神爬進了他們的中樞神經裏，他們立時昏了過去。

太陽高懸天上。

我閉上雙目，雙手平舉，指尖直伸。

我感到太陽的能量，聚集到我的頭頂，進入我的神經，再傳到平舉的手上。太陽的熱能由指尖射出，照射在厚鉛鋼夾門上。

我就像放大鏡的聚焦，將太陽能千萬倍地集中起來。

太陽能不斷加溫，照在鉛夾門的陽光溫度不斷爬升，很快攀上四千度攝氏的高溫。溫度在提升着。

鉛門融解下來，未融解的部份變成火般白熾。

我停止了動作，跨進門裏。

我的思感將我帶到高林博士正在工作的實驗室裏。我感到能量已接近油盡燈枯的階段，不過只是我肉身的力量，已足夠完成最後的任務。

實驗室門關閉的聲音，將高林嚇得駭然轉身，發覺我卓立室內。

高林臉色轉白道：「你究竟是甚麼人？怎能到這裏來？」

我平靜地道：「我就是你換天計劃產生的新人類，從四千年後的將來回到這裏，改變你的計劃。」

高林道：「沒有可能的，你一定是他們中的敗類。」

我道：「你錯了，我是他們中最超卓的，也是唯一擁有超越時空回到過去的人。我們經歷了三千多年的思索，終於一致決定新人類那種生命形式，是沒有存在的意義的。」

高林道：「為甚麼你們不自殺？」

我道：「新人類是沒有自殺的情緒的，甚至沒有任何情緒，只是一具威力龐大、自給自足的思想機器。」

我一步一步向他走去。

他並沒有退縮，眼神緊鎖着我的目光。

我的手閃電伸出，在他猝不及防下捏緊他的喉骨。

他猛力掙扎，卻移動不了分毫，他用腳狂踢我的身體，可是像蜻蜓撼石柱，一點作用也沒有。我正是他製造出來比他強橫千百倍的新人類，他的子孫。我餘下的能量已無多，只能用最原始的方法毀滅他，毀滅換天計劃，以另一種形式去換天。

同一時間我釋放出僅餘的力量，實驗室內的儀器爆炸開來，文件燃燒起來。

在平靜無波的心境裏，我看着新人類之父高林的生命在我這子孫的手中消逝，同時也感到自己的肉體和生命空氣般融解。毀去了高林，同時也將有若建築在時空沙堆上堡壘般的新人類抹去，這個未來的可能性將不再存在。

接着是絕對的黑暗和空無。

黃易

經典·玄幻系列

① 月魔
② 上帝之謎
③ 光神
④ 湖祭
⑤ 獸性回歸
⑥ 超腦
⑦ 聖女
⑧ 浮沉之主
⑨ 異靈
⑩ 爾國臨格
⑪ 迷失的永恆
⑫ 域外天魔
⑬ 諸神之戰
⑭ 幽靈船
⑮ 靈琴殺手
⑯ 龍神